墨と雪

墨《すみ》と雪《ゆき》2 上

かわい有《ゆ》美《み》子《こ》

ILLUSTRATION
円《えん》陣《じん》闇《やみ》丸《まる》

CONTENTS

墨と雪2 上

墨と雪2 上

一章

I

黒澤一誠《くろさわかずなり》はいくつかのブースに区切られた病院の救命救急の待合室へと入ってゆく。

一番手前のブースにいた特殊犯捜査第二係をまとめる大柄な生方《うぶかた》と、同じ係にいる四十代半ばの男が黒澤の姿を認め、二人共立ち上がって頭を下げた。

「お疲れ様です。様子はどうですか？」

尋ねかけると、生方は重い声で答えた。

「酷《ひど》いもんです。傷だらけでとても正視できない」

突入した捜査員が、篠口雪巳《しのぐちゆきみ》が右前腕部を負傷していると無線で報告していたのを聞いたが、やはりそれだけではなかったのかと黒澤は眉を寄せる。

篠口を拉致《らち》監禁していた袴田泰西《はかまだたいせい》には、篠口の周辺を執拗《しつよう》に嗅ぎまわる粘着性があった。その手の性質を持つ人間は、自分の思い通りにならないことが起こった際、周囲や執着相手、あるいは身内に対し、過剰なまでの暴力性や攻撃性が表出化することが多い。

さらにそこに医師であり大学教授である袴田の年齢や社会的地位、理《り》の勝《まさ》った話し方などを加味すると、かなりのサイコパス系、穏やかな顔の裏に強い支配欲や加虐性を持つタイプだろうと思っていたが、それを逃げ場のない、終わりも見えない閉鎖された空間でまともにこうむった篠口の恐怖や痛み、疲労の度合い、ストレスはどれほどのものだったか。

「骨折は二箇所、他にも顔や身体にいくつもの殴打痕などありまして…」

一週間の監禁でいくつもの殴打痕に二箇所の骨折…、と黒澤は目を伏せる。

救急車の中ですでに確認しているのだろうが、生方がその先を呑《の》み込んだことを考えると、何をされたかは容易に想像できた。察してはいたが、実際に知らされるとやはり胸の奥が鉛《なまり》のようにずっしりと重苦しく冷たくなる。生方の表現は、かなり控えめなものだろう。

むしろ…と、自分の中でぞろりと頭をもたげたほとんど殺意に近いどす黒い衝動、憤怒《ふんど》をねじ伏せるために黒澤は握った拳の先に視線を落とし、あえて表情を消すことに注力した。

重い鎚《つち》で袴田の骨という骨をひとつずつ砕き、この世に生まれてきたことを後悔させながら葬り去ってやりたい…、そんな思いを胸の内で無理矢理抑えこむ。怒りは今、この場では何も生まないことを、公安勤務の長い黒澤は熟知している。怒りや感情に任せて動いても、誰も救われる者はない。篠口がそれで癒やされるわけでもない。

表情を殺した黒澤が生方の方へ視線を向け直したところで、濃紺の病院スタッフ着を身につけた年配の男がブースを覗きにくる。

「篠口さんのご関係の方は…？」

「わたくし共ですが」

　答える生方に男は首から提げた身分証を提示した。

「救命救急で今回担当しました守口《もりぐち》と申します。容態と今後の治療について、説明させていただきたいのですが…」

　三人の顔を見渡す医師に、四十代半ばの男は、じゃあ…と声を上げた。

「係長、私、先に戻ってますので、申し訳ないですがお願いしてよろしいですか？」

　引き受ける生方と黒澤との両方に頭を下げ、この機転の利く男は脱いでいた上着を手に出てゆく。黒澤はそれに小さく会釈し、生方と共に立ち上がった。

　察しがいい。医師側としては別に説明相手は三人でもよかったのだろうが、退出した男は篠口の友人を自認したキャリアの黒澤にあえて場を譲ったのだとわかる。救急車に同道した以上は篠口に何があったか知っているのだろうが、篠口本人のためにも、同じ男として聞くに堪えない屈辱的な内容を直接耳にする人間は少ない方がいい。

『公安の外交官』、あるいは『モンスター』などとあだ名されている物騒な公安所属キャリアの肩書きにものを言わせ、かなり強引な手法で今回の捜査に首を突っ込んだ黒澤が、それだけ篠口とは他の同僚以上に親しいと判断してのことなのだろう。

「今のは、二係でよく犯人の説得交渉にまわる谷崎《たにざき》主任です。普段は篠口君の指導にあたってくれてます」

生方の説明に、谷崎の察しのいいのは職業柄もあるのかと黒澤は頷《うなず》いた。

「僭越《せんえつ》ながら、私も同席してよろしいですか？」

念押しで尋ねると、生方はどうぞと促す。

「親しい方には少々辛《つら》い内容かと思いますが、よろしくお願いします」

実直な男は感心するほどまともに答え、黒澤と共に医師が扉を開けて待つ部屋へと入った。

Ⅱ

病棟内の一番奥まった部屋へと、黒澤は足を運ぶ。

処置後の篠口は高度治療室を経た後、拉致監禁という事件の特殊性から、関係者以外は面会謝絶の個室へと入れられた。

病院に運び込まれてすぐはずいぶん魘《うな》されたり、フラッシュバックのせいで身を捩《よじ》ってもがき暴れたりするという理由で、篠口は高度治療室から個室に移されてからもしばらくは鎮静剤を使われていた。

個室に入ってからは徐々に薬を控え、まだ朦朧《もうろう》とはしているが何度か意識は戻って、時々問いかけにも頷いたりしているという話だった。

ただ、まだ黒澤は篠口の意識が戻った時には居合わせていない。

控えめにノックし、黒澤は静かに部屋の扉を開けた。

わずかに起こしたベッドに、篠口はひっそりと横たわっていた。点滴がほとほとと落ちているものの、それ以外の生の気配があまりに稀薄《きはく》で、黒澤は眉を寄せながら室内へと足を踏み入れる。

打ちつけた頭部の裂傷などにまだ包帯は巻かれているものの、一時は目も当てられないほどに青黒く変色していた惨《むご》い顔の腫れなどはかなり引いていた。

あの大柄な男に手加減抜きで何度も殴られたのだろう。捕らわれていた際に息を詰めていた名残のような、かすかなかすかな呼吸音と共に、わずかに病衣の胸が上下している。

黒澤はベッドのかたわらに立ち、整っているものの、ほとんど血の気のない篠口の顔を見下ろす。髪の色はやや淡い。もともと知的な雰囲気はあるが、全体的な色素の薄さがさらに繊細で浮き世離れした印象を与える男だった。口を開かせても、いかにも育ちのよさそうな丁寧で整然とした話し方をする。

そもそも、最初の篠口の印象がそうだった。すらりとした上品な見た目と頭のよさを感じさせる静かな受け答えで、どうして警察官になろうと思ったのか、ましてや公安などにまわされてきたのかと首をひねりたくなった。

中学の頃《ころ》からイギリスへ行き、ロンドン大卒と異色の経歴を持つのにノンキャリアで、出会った当時は何を血迷ったのかと思ったが、後にそれも本人なりに考えての選択だったのだと知った。

ただ、本人が期待していたほど、日本では捜査へのプロファイリング導入は注力も重要視もされておらず、また、科学警察研究所や捜査支援分析センターの数少ないプロファイリング部門に空き枠もなかった。

英国文化に精通し、通訳としても十二分、外交官としても第一線を張れるレベルの英語力があることは周知の事実だったが、その語学力と同期のノンキャリ内では随一ともいえる頭脳とを、通訳業務専門だけに特化させてしまうことは上が渋ったし、本人も望まなかった。

だが、それ以前に、学者肌で心理的にも繊細な一面を持つ篠口自身が、強烈な体育会系縦型組織である日本の警察には馴染《なじ》まない。

もともと海外生活も長く、かなりイレギュラーな経歴を持つ男だ。帰国子女にも色々タイプはあるが、徹底した個人主義のイギリス生活が肌に合っていたらしい篠口は、組織内では根本的なところで浮いていた。

かといって、バイリンガルで知能も高く、狙撃成績も悪くない篠口を、他組織へ逃すにはあまりにも惜しい、何としてでも組織内で活《い》かせないかと考えた上層部の考えもわからないでもない。

黒澤自身も、篠口のそんなところが気に入っていた。精神的には自立しているのに、周囲に馴染みきらない感受性、内向的で物静かな優等生っぽさや、人から一線引いた観察力などがあわさって、他には類のない魅力になっている。

篠口の場合、それに加えてゲイとしてベッドの上ではかなり性的にハードルの低い一面もあり、それもアンバランスな魅力だった。

適性を見るために配属された公安で出会った頃の篠口は、まだ若かったせいか今よりすれておらず、生真面目さと公安に染まりきらない独特の色、気配を持っていて、それもまた強烈な魅力だった。

基本的に黒澤は、篠口のように面倒で手のかかる、稀少動物のような存在が好きだ。

誰よりも大事に愛《いとお》しんだ友人を通り魔に奪われ、その傷を癒やしきれずにひっそりと内側に抱き続ける篠口の感受性も尊重していた。

昔から自覚はある。めったに見つからない稀少なタイプをあれこれかまって反応を見るのも、ある程度自由にさせておいてその様子を少し離れたところから見ているのも嫌いではない。

だがな…、と黒澤は生気のない傷だらけの篠口の顔を見下ろす。

殴打で切れた唇の端の傷はようやく塞がったが、まだ頬《ほお》にかけてが紫色に変色している。こめかみから瞼《まぶた》にかけても、腫れて青みが残している。青ざめた顔に青黒く血管が透けて見える箇所もあった。

酷い、本当に正視に耐えない状態だ。

また袴田に対する憤りが、ドロリと頭をもたげる。この感受性の強い人間に、よくもここまで一方的な暴力を振るえたものだ。

篠口の利き腕は二箇所も折られ、腕と指先とに無骨なギプスが巻かれている。抵抗意志を奪って服従させるためと、身内へ連絡を取って逃亡しようとしたことへの制裁的な意味合いもあるのだろう。日常的な作業すらできぬよう、意図的に腕の半ばと人差し指とを折られたことは明白だった。

むろん、医師という前歴からくる職業的知識もあるのだろうが、あきらかに袴田はこういった相手を服従させるための虐待に慣れ、人間の抵抗意欲を的確に削《そ》ぐ方法、恐怖を植え付けることによって相手の思考を支配し、従属させる方法を知っている。

　あれ以上監禁が続いていれば、この繊細で神経質な生き物が、どれほど身も心もズタズタに壊されていたことか、考えただけでゾッとする。

　ひょいと横から出てきたサイコパスに、こんな風に精神的にも肉体的にも傷だらけにさせるために、篠口を自由にさせておいたわけではない。

　無機的な病室でギプスや包帯を巻きつけられ、褪《あ》せた顔色でひっそり横たわる篠口は、従来のアイボリーや薄いベージュの印象ではなく、曇り空にも似た淡い灰色の空気をまとっているように見えた。それこそ、篠口が長く住んだというイギリスの空のような鈍くくすんだ薄雲のような気配だ。篠口自身は、いつもどんより湿ったイギリスの曇り空は陰気で好きではないと言っていたが…。以前、シンプルなデザインのエプロンをつけた篠口が、レシピブックをめくりながらイギリスについて、長くいると気が滅入るのだと話していた様子を思い出す。黒澤がイギリスでの就職は考えなかったのかと尋ねた時のことだ。

　黒澤はパソコンでファイルをチェックしながら、答える篠口の穏やかな横顔を見ていた。篠口には向こうの生活の方が合うように思っていたから、そうした返事は意外だった。

　ふいに篠口が眉を寄せて身じろぎし、黒澤は横たわった男へと視線を戻す。

「なぁ、…まだ壊れてないよな？」

黒澤は押し殺した声でそっと尋ねる。

篠口の息が浅い。悪い夢でも見ているのか、何か恐ろしい記憶を反芻《はんすう》しているのか、何度も唇が小さく喘《あえ》ぐように動く。

「おい…」

黒澤が指を伸ばし、篠口の髪に触れようとすると、朦朧としていてもその気配を察したのか篠口の顔が怯《おび》えるように引き攣《つ》って歪《ゆが》んだ。

「…っ！」

恐怖から短く息を呑んだ表情があまりに無防備で痛々しく、そんな子供のように怯えた篠口の顔を見たことがない黒澤は、伸ばしていた手をそろりと引っこめる。

「…おい」

瞼が幾度も痙攣《けいれん》し、さっきまでかすかに動いていただけの胸が、荒く浅い息に何度も大きく上下している。

とっさにナースコールの位置を確認した黒澤は、再度、篠口へと視線を戻して低くささやく。

「ここでは、誰もお前に危害は加えない。ここなら安心だ」

黒澤はそのまましばらく考えると、声をできるだけやわらげ、ささやくように尋ねかける。

「…なぁ、子守歌でも歌ってやったら、安心するのか？」

むろん、必要な時には看護師を呼ぶつもりだったが、過剰に薬漬けとなるのもいいとは思えない。

「…篠口？」

黒澤の語りかけに半ば意識が覚醒しているのか、細かく痙攣している瞼の下で眼球が不安定に動いている。

依然、呼吸は荒く、ひっきりなしに上下する喉からは引っかかるような短い音が洩《も》れかけている。

子供の頃、小児喘息《ぜんそく》に悩まされていたことや、今も喉や気道はあまり丈夫でないことは知っている。

過度なストレスがかかると熱を出したり、寝込んだりすることも知っていた。

とっさに浮かんだのは、カナリアが歌うという子守歌だった。

『ゆりかごのうたを――』

低く呟《つぶや》くように歌い、黒澤は篠口の方へ寄せかけていた身体をいったん引く。そして、部屋に備え付けの椅子を、音を立てぬよう枕許《もと》にそっと動かした。

『カナリアがうたうよ』

その椅子に腰を下ろしながら、子供を寝かしつける時のようになるべく穏やかにやわらかくゆったりと歌う。

もう怯えなくていいのだと、まだ今は眠りたいというのなら安心して眠っていていいのだと、椅子《いす》に脚を組んだ黒澤は語りかけるようにそっと歌ってやる。

『ゆりかごの上に…、びわのみがゆれるよ』

歌に気づいたのか、篠口は薄く目を開けかけ、再び閉じた。

まだ半ばは夢の中で朦朧としているらしい。篠口の額にそうっと手を伸ばすと、睫毛《まつげ》が揺れる。黒澤に気づいた様子はない。

だが、さっきのようなせわしない瞼の痙攣はなく、徐々に喉の動きも落ち着いてきていた。

『…ゆりかごのつなを』

黒澤は微笑《ほほえ》みと共に、ゆっくりと手を伸ばしてみる。今度は唇がかすかに動いたものの、表情は夢の続きを探すような、ややトロリとしたものとなっている。

半ば瞼が開きかけ、ゆらゆらと瞳が揺れている。完全ではないものの、意識がかなり覚醒しかけているようだった。

『きねずみがゆするよ』

もう起きるだろうかと、黒澤は幼い子供にするようにやさしく篠口の髪をかき上げ、頬に触れた。

「…おい」

柄でもない子守歌に、自分でも苦笑しながら尋ねてみる。

「まだ目を覚まさない気か？」

無理に起こすつもりはないが、眠りの中でこれ以上辛い思いはさせたくない。安心していい…、そんなつもりで声をかけた。

篠口はきゅっと眉を寄せ、まるでそれに応えるような表情を見せる。唇が何かを紡いだようだが、それはうまくは聞き取れなかった。言葉なのか、ただの呻《うめ》きなのか。

本人にも何を応えたのか、わかっていないのかもしれない。

黒澤は溜息《ためいき》をひとつつく。

「酷い目に遭ったからな…。しばらくは現実なんて見たくないか」

愛《いと》しみをこめ、さらりとした髪を指先でやわらかく梳《す》きながら、低く尋ねる。

犯罪被害者は事件によって人生が一変してしまうというが、確かに助け出されたとはいえ、今後、篠口本人にとっては以前のような生活はとても望めないだろう。

黒澤はこれから篠口がされ、対峙《たいじ》させられるだろう過酷な世界を思い、ギプスと共に包帯の巻かれた右の手の先をそっと握りしめた。

篠口の目が焦点の合わないままに一瞬大きく開き、わずかに起こされていたベッドの上で上半身がグッと反った。口から喘ぎにも似た呻きが洩れる。

「大丈夫だ、今は安心していい」

黒澤はそんな篠口に言い聞かせるようにささやく。

袴田に囚《とら》われていた間、あの男にいったいどれほどの恐怖と絶望を埋め込まれたのか…。

一週間という時間は社会にいればあっという間に過ぎるが、解放までの時間の見えない虜囚にとっては、ただただひたすら失意と恐れを数えるだけの長い長い時間だ。この繊細な男の本質が壊されていないことを、今はただ祈る。

「もう大丈夫だ、…そんな辛そうな顔をするな」

なだめるように言うと、見開かれていた目に紗《しゃ》がかかるように、すぅ…っと瞼が閉ざされる。それと共に反っていた身体もゆっくりと弛緩《しかん》してゆく。

まだかすかに唇の端が細かく痙攣していたが、握った手をそのままにじっと様子を見ていると、やがてそれもなくなった。

また眠ったのだろうかと、黒澤は身をかがめ、そっと白い額に口づける。

普段は迷惑そうな顔と、間違いなく黒澤だけに対して向けてくる優等生らしからぬつけつけと尖《とが》った可愛《かわい》げのない憎まれ口や、邪険な態度見たさに、ついついつついてしまう。

だが、今はこうしてあの男に完全に壊される前に戻ってきただけでもほっとする。

次に意識が戻った時には、篠口の受けた傷の分、弱った分は時間をかけてでもゆっくり癒やしてやりたい…、と黒澤は握っていた手をそっと上掛けの上に置く。

そして、この自分の魅力にやや無頓着ともいえる生き物が、二度と他人に傷つけられることのないよう、腕の中に囲い込んでしまおう。

好きな相手にろくに手も出せぬまま、かないもしない恋に気を取られている篠口の想《おも》いもそれなりに尊重してきたつもりだが、それも潮時だろう。

「鎮静剤はもう入ってないって聞いたぞ。次は目を覚ませよ」

今は安らかに眠れるならば、それでいい。

黒澤は立ち上がり、椅子を元の位置に戻しながら横たわる男に微笑んだ。

「キスはしたからな、眠り姫」

夜明けに何度となく眺めたことのある、黒澤の気に入りの品よく整った寝顔だ。

病衣をまとった胸が、ゆるやかに上下している。さっきよりも少しは血の気が戻っただろうか。それでもまだ、傷だらけで顔色はよくない。

魅力的な低音で哲学を語る、容姿のいい知性派有名人である袴田泰西の知人男性に対する拉致監禁容疑は、いまだにトップニュースとして世間を賑《にぎ》わせている。

今になって、袴田の周囲には過去にも失踪した若い男性がいたなどと調べ上げてきた週刊誌も出てきて、知的なナイスミドルの仮面に隠されていた、異様さ、二面性が大きく取りざたされているところだった。

今回、袴田に監禁されていた男は誰かと嗅ぎまわるマスコミへの対策もあって、個室で関係者以外の面会謝絶という処置が取られた。部屋の前には名札もない。

だが、やむを得ないとはいえ、この繊細な男をこんな無機質な部屋に置いておいてはますます弱る。個室であっても、看護師や医師らが向こうの都合で出入りし、反応を逐一見ているような状況は、間違いなく篠口を消耗させる。

できればここからも逃がしてやりたいが…、と黒澤は最後に眠る男を振り返る。

明るめのベージュでまとめられた病室にあっても、やはり依然として篠口はくすんだ淡いグレイに近い色味をまとっているように見えた。

Ⅲ

夕刻、味気ない食事が片付けられたあと、病室の篠口はひとり、遠藤《えんどう》と田所《たどころ》からの見舞い品のプレーヤーで音楽を聴きながら、黒澤が置いていったツリーの点滅をぼんやりと眺めていた。

すでに日はすっかり暮れ、窓には病室の白く味気ない人工的な照明が反射している。

消灯後、読書灯のみになると、窓にはビルの明かりとツリーの瞬《またた》きが映えて美しく落ち着いた空間になる。篠口はその時をただ何をするでもなく待っていた。

遠くでメラミンの食器を片付ける音や看護師が患者と話す声が聞こえる。あそこを出られた以上贅《ぜい》沢《たく》は言えないが、朝早くから消灯まで終始聞こえる物音や人の声にはいつまで経《た》っても慣れず、ぼうっとベッドの上にいるだけなのに落ち着かない。

そんな中、部屋のドアをノックする者がいて、篠口は入り口を振り返った。

「遅くにすまんな、起きてたか？」

声をかけてきたのは、生方と関口《せきぐち》だった。

ギプスを首から吊《つ》った不自由な姿でベッドから下りようとする篠口を、生方が制す。

「いや、すぐに帰る。そのままでいてくれ、顔を見に少し寄っただけだ」

生方はコートのポケットから、ジップロックの袋を取り出す。

「これを返しとかなきゃならんと思ってな」

袋の中身は、篠口のスマートホンと財布だった。袴田に拉致された時に奪われたものだ。スマートホンはガラス面に、斜めに大きく覚えのない亀裂が入っている。

あの晩、公園の脇に差しかかった時、背後からくぐもった声で名を呼ばれ、何事かと振り返りかけた瞬間、わき腹にとっさに声も出ぬほど強い痛みと衝撃を受けた。

蘇った記憶に、篠口は強く眉を寄せてしまう。これは袴田に拉致された時についた傷なのか、それとも激昂《げっこう》した袴田が、感情に任せて何かしたのか。

その理由も動機も、今は考えるだけで気分が悪くなる。

差し出されたスマホや財布へとすぐには手を伸ばせない篠口を慮《おもんぱか》ってか、生方はそっとベッドサイドテーブルの上に置いてくれる。

「すまん、傷は押収時にはすでについていたものだ。取り急ぎ、ご両親と連絡を取ることもあるんじゃないかと思ってな」

「いえ…、わざわざありがとうございます」

確かに親からも急に何らかの連絡が入ることもあるし、すでに生方から入院について連絡がいっている可能性も高い。

本来なら裁判が終わるまで証拠品として保管されることもあるものを、早めに返してくれているのは生方らの配慮だろう。

「悪いが、一応、中は解析させてもらってる」

「はい」

「…言いにくいが、スマートホンは中のデータが抜き取られている可能性がある。今、袴田の家や別荘、大学の研究室から押収した品やパソコンを調べているところだが…、まぁ、もう少し落ち着いたら、番号なんかも変えた方がいいかもしれんな」

「はい、そうします」

　捜査状況については初めて聞かされるが、自宅さえ知られていたあの男にいったいどんな風に身のまわりを嗅ぎまわられていたのか。

　少し考えただけで気分が悪くなり、血が引いてゆく。

「とりあえず、今日はそれだけ返すつもりで寄った。顔を見られてよかったよ」

「はい、わざわざありがとうございます」

　篠口は少しでも笑顔を作ってみようと、唇の両端を上げる。

「また来るよ。ちゃんとメシ食うんだぞ」

　見送りのためにベッドを下りようとする篠口を制し、扉のところで手を挙げてくれる関口に、篠口は頭を下げた。

　二人が出ていった後、篠口は長く重い溜息をつき、起こしたベッドに身を凭《もた》せかけて窓の外へと目を向ける。

あの別荘に連れていかれてからの様々なやりとりが浮かんでくるが、それについて色々考えを巡らせるのが嫌で、流れるスイングジャズに無理に意識を向ける。今はただ、すべてを忘れて眠りたかった。

なのに、神経がどこか尖っているのか、自分の迂闊《うかつ》さや対応のまずさへの苦く不快な後悔ばかりが脳裏をちらつく。思い出したくもないのに、袴田の声や嬲《なぶ》るような目つきが何度も何度も蘇る。もっと他にかわしようがなかったのか、途中でうまく袴田をいなす方法ややり口はなかったのかと、焦りや動揺から何度も考えてしまう。

ぐるぐると何度も巡る後悔に疲弊し、その不快な感情を頭から追い出したくて、無理に音の波を追っていると、ノックの音がした。

「まだ起きてるのか？」

静かに開いたスライドドアの横に黒澤が立っている。少し笑いを含んだ男の声に、いつのまにか消灯を過ぎて室内灯も消えていたことに気づく。一、二時間、下手をすれば三時間ぐらい自分は何もせず、ベッドの上にいたのかもしれない。

「…黒澤さん？」

重い身体をノロノロと起こし、篠口は男の方へと向いた。

黒澤が手に提げているのは、大きめの黒いショルダーバッグだった。

「空調が入ってても肌寒いこともあるかと思って、お前の部屋から取ってきた。ＤＶＤはいったん返却しといた」

「ああ…」

篠口は目を伏せる。時間をかけて選んだワインもどこへ消えたのか、観るつもりだったＤＶＤも何もかも、あの男は台無しにしてくれた。

ワインは…、と男は口を開いた。

「ワインはまた買いにいこう。ＤＶＤも希望があれば借りてくる。目についたものは、少し片付けてきた」

ワインと言われてすぐに頭はまわらなかったが、半テンポほど遅れて、篠口がワインショップで買い物をしたことをこの男が知っているのは、捜査時に篠口の動きを追ったからだと思いあたる。もしかすると、篠口が選んだワインの銘柄すらすでに知っているのかもしれない。

「…色々ありがとうございます」

抑揚のない声で礼だけ口にする篠口の肩に、男はバッグから取り出した厚手のニットカーディガンを着せかけてくる。

羽織るとふわりと温かくて、自分が暑さ寒さにすら意識がまわらなくなっていることを知る。

そもそも、今暑いのか寒いのか、眠いのかそうでないのかすら、よくわからない。

殴られたり蹴られたりした身体は身動きするたびに痛む。食事や水分を取ることすら、顎や頬の痛みを伴う。何をしてもついてまわる痛みや不快さについて考えると、自分が発作的に何か叫んでしまいそうで、今覚えている感覚を判断することすら怖かった。

多分、黒澤は篠口の身体が冷えていることに唯一気づいたからこそ、上着を取りにいってくれたのだろう。

「これ、部屋の鍵な。生方係長に借りた」

黒澤がテーブルの上にキーケースを置くのに、篠口はちらりとテーブル上の生方が置いていってくれたジップ袋を見る。

中に鍵が入っていないことにすら、自分はずっと気づかなかった。

生方が鍵を黒澤に渡したと言わなかったのには何か理由があったのか、あえて言うほどのことでもないと思ってのことなのか。

それとも、言われていたのに失念しているのか…、と篠口は左手で眉間を揉《も》む。

大事なことはきちんと伝える人なので、聞き落としてしまったのかもしれない。

財布や時計も早めに貴重品ケースにしまわなければならないのに、放り出したままだったことにすら気がいかなかった。スマホにはちゃんと新しい充電コードも添えられている。それにすら気づかなかった。

自分はちゃんと生方らに礼を言えたのだろうかと、散漫に揺れる思考を無理に追った篠口はふと思いつき、浅い息の中から問う。

「…部屋、散らかってませんでしたか？」

普段、何もしないこの男が片付けたと断るほどだったのかと尋ねると、黒澤はコートを脱ぎながら答える。

「ああ、ゴミも出しておいた」

どこに出したのかとか、作っていた料理はかなり傷んでいたのではないか、冷蔵庫の中の生物《なまもの》などはどうなっているのかなど、口にするのも煩わしくて篠口は瞼を閉ざしながら小さく頷く。

日々の生活を予告もなく滅茶苦茶にされた憤りや、それにまつわる疲弊などがどっと押し寄せてきて、グラグラと視界が安定しない。部屋の暗いのが幸いだった。

今、はたして自分はどんな表情《かお》をしているのか。

「スマホ、貸せ」

篠口がのろのろと手を伸ばすまでもなく、黒澤はさっさとジップ袋の中からスマホを取り出す。

「タイミング的に黒しかなかった」

真新しいスマートホンの入った箱を袋の中から出してかたわらに置き、篠口のスマホを持参したノートパソコンに接続して、手早く操作してゆく男に篠口は尋ねる。

「それは？」

「手持ちの機種だ、気に入らなかったらあとで別のに変えろ」

この言いようだと、すでに篠口のスマートホンの破損や袴田のデータ抜き取りに関しても知っているのだろう。

「新しい番号だ。中のデータ一式を移して、アカウントも変える」

アカウントやパスワードを尋ねられ、篠口はおとなしく答える。

生方からも解析済みだと聞いたし、ここで抗《あらが》っても黒澤ならアカウントやパスワードを突き止めることは造作もないはずだ。普段はおそらく仕事に用いているのだろうが、新しいスマホをすぐに調達できる立場の男だ。

むしろ、ギプスで固められて満足に右手を使えない今は、そんな繁雑な作業はすべて任せてしまいたい。だが、もとはといえば、何のためにスマホの中身を職場の同僚にまで解析された上、こんな面倒な作業をしなければならないのか…。

「大丈夫だ、もう少しゆっくり息を吸え、できれば深く…」

篠口のベッドの横に腰を下ろし、画面を目で追いながら、黒澤は横顔で言う。いつのまにか、息が浅く乱れていたらしい。

「目は閉じてていい、音楽を聴きながら…、ゆっくり…」

低く落ち着いた声に頷き、篠口は目を閉ざしてしばらくは深呼吸に専念する。黒澤がキーを叩《たた》く音をできるだけ抑えていることがわかる。

息の整いかけた篠口が少し目を開くと、薄暗い部屋の中にふっと自分を見つめて笑っていた袴田の粘った視線が思い出され、布団の上でギプスを巻いた指先が跳ねた。

作業中でもそんな篠口の反応に気づいたのか、黒澤が片手を伸ばし、包帯の巻かれた右手を上から

押し包むようにトントンと叩く。

「…しーっ…、ゆっくりだ、ゆっくり息を吸え。少しずつでいいから、胸の奥まで…」

その手が温かいと、篠口は瞼を閉じた。

男の手の温《ぬく》もりに、恐ろしくて落ち着かない気持ちが徐々に引いていく。

今はただ、この温もりがありがたい。

助けてやると言ったあの言葉に、どれほどの重さがあるのかはわからないが…。

「ちゃんとここにいる、ここなら大丈夫だ…」

言い聞かせるようにささやく声に、篠口は小さく頷いた。

二章

Ⅰ

十二月も半ばを過ぎた日、黒澤は入院患者や面会客などがパラパラと座っているだけの夜の病院のロビーに足を踏み入れた。

八時を過ぎたせいか、ロビーの照明は半ば以上落とされている。その中、仕事上がりの生方が立ち上がり、申し訳なさそうに頭を下げた。

「お忙しいところ、恐縮です」

「いえ、こちらこそ遅くなりまして申し訳ないです。篠口君のご両親とも連絡が取れたようでよかったです」

付き添い用に、小ぶりなキャリーバッグに宿泊道具を詰めて引いてきた黒澤も、生方に丁寧に腰を折る。

アイルランドの田舎町をゆっくりと気の向くままに巡る長期フリー旅行を楽しんでいたという篠口の両親はアナログ派で、海外には携帯電話すら持っていっていなかった。そのため、なかなか連絡が取れなかったという。

海外では携帯を使わない、持っていかないというのも、すでに退職したという世代にはありえる話だ。英語にも堪能、海外への自由な長期旅行に昔から慣れた夫婦で、子供も成人しているというのなら、日本とのマメな連絡に必要性を感じないのかもしれない。

「一応、篠口君本人の希望で、ただ入院中だとしか伝えていないのですが…」

本当にそれでよかったのだろうかと、生方は浮かない顔をしている。

「まぁ、ご両親も八十近いお歳《とし》ですし、篠口君も事件が事件だけに知らせたくない、知られたくないという気持ちもあるんじゃないでしょうか。今は篠口君の精神状態もよくはないようですし…、事件が原因で崩壊した家庭の例をプロファイルでいくつも知っているだろうから、よけいにそう思うのかもしれませんね」

実際、その年齢で、自分達の息子が拉致監禁の上、暴行されて入院中と聞かされることが親にとって幸せなのかと聞かれると、はなはだ疑問だ。

被害者家族が事件後に鬱《うつ》になったり、離散したり、自殺したりという後味の悪い話も少なくはない。いずれ両親に知られることとなっても、それはある程度篠口も落ち着いてからでいいのではないだろうか。

むしろ、今、事件内容を両親にまで知られることとなったら、ますます篠口は精神的に追いつめられ、取り返しのつかないことになってしまいそうだった。

それもあって、生方は気が進まぬながらも篠口の希望を聞き入れたのだろう。

「ご両親は単に骨折だけだと思われているようで、帰国したら顔を見にいくと伝えてほしいとおっしゃってましたが…」

「あのお歳で夫婦でフリー旅行をされるぐらいです。お父様は大学の教授だったそうですから、多少浮世離れされたところもあるのかな。成人した息子が病気なわけでもなし、たかが骨折入院したぐらいで旅行を切り上げる必要もないと思われたのかもしれませんね」

「そうですね、そんな感じでおっしゃってました。わざわざ連絡をいただいて、と」

「骨折でも開放骨折の場合や、腰や足、関節まわりの骨折などでしたら、外科でしばらく入院することもありますから…、しかし、実際は帰国されたとしても、ご両親には年齢的にも病院での付き添いというのは厳しいでしょう」

「確かにそうなんでしょうが…」

うーん…、と生方は唸《うな》る。

「本当に黒澤理事官のご厚意に甘えて、お引き受けいただいてもよろしいんでしょうか？　わたくし共が交代で詰めても、まったくかまわないんですが…」

　黒澤が篠口への付き添いを申し出たことに心底恐縮しているようで、どっしりした体躯《たいく》を持つ生方は、共にエレベーターホールへ向かいながら尋ねた。

　篠口の精神状態があまりによくないので、できれば身近な人間の付き添いを勧めたいと病院から提案を受け、黒澤はさっさと名乗りを上げた。

普段は冷静沈着で知られた生方だが、黒澤が搦《から》め手で捜査に首を突っ込んだ時よりも、はるかに困惑しているのがわかる。

生方の立場で付き添いを部外の黒澤に頼むのはあまりに申し訳ないが、かといって申し出を断ることもできない状況だろう。

「大丈夫です、互いに独り身の気安さで、篠口君とはたまに鍋を囲んだり、部屋に泊まったりする仲です。できれば私も、今は力になりたい。まぁ、私にとっては帰宅先が自分の部屋になるか、篠口君の病室になるかというぐらいで、今は家族に気兼ねすることもないですから、お気遣いなく」

独り身で親しい仲ということを強調すると、過去に篠口が公安にいた時に黒澤が同じ部署であったことを知らされている生方は頷いた。

実際に公安に関係しない部署だと、中のドライな人間関係は測りにくいのかもしれない。

そういえば…、と黒澤は声をひそめた。

「袴田のマンションから色々出たとか…」

袴田のマンションからの押収物諸々についての情報は入っていたが、水を向けると、ええ、と生方も声のトーンを呟くように低く落とす。

「まだ篠口君には伝えてませんが、ロープや手錠で拘束された男性の写真が何人分か…、いずれも若い男性で傷や殴打痕も見られます。うち、四名は失踪者として届けが出ていた男性です。別荘内で篠口君や袴田のものとは異なる古い血痕が発見されましたが、その件で一昨日《おととい》から警察犬も入れて捜索中です」

「初犯じゃない？」

　わかっていたことだが念押しで尋ねると、生方は頷く。

「別荘のあの特殊な立地です。遺体に錘《おもり》をつけて下の岩場に沈められれば、そう簡単には浮かび上がらない。ですが、時期的に今は潮位が低いので、波の穏やかな干潮時を狙って潜水士を入れられないかという話が出てます。もっとも、もう少し証拠をえてからの話になりますが…」

　袴田の自白はほとんど見込めないので、物証を積み重ねるのだろう。

「生方係長、もうこちらで大丈夫です。お疲れのところ、ここまでのご足労ありがとうございました。あとは私が責任持って引き受けますので」

　下りてくるエレベーターの階数表示を確認し、黒澤が請け合うと、生方は丁寧に篠口のことを頼んで頭を下げた。

　最後まで篠口を義理堅く心配している。悪くない上司だ。おそらく、今回のことではきっちりと責任を持って篠口を守ってくれることは間違いない。

　黒澤は篠口のいる階で降り、ナースステーションに軽く会釈だけして、さっさと部屋へ向かう。すでに何度も通っているし、この間は担当医と看護師長にも今夜から付き添いに入ると挨拶してある。さっきまでいた生方も、黒澤のことをちゃんと説明していると踏んでいた。

　扉をノックして、キャリーを引いて中へ入ると、実に微妙な顔つきとなった篠口がこちらを見ていた。素直に礼を言ったものなのか、表情に困っているのがわかる。

「今日は少しいい顔してるな」

キャリーを部屋の隅に置いて声をかけると、篠口は俯《うつむ》きがちに言った。

「…ありがとうございます」

まだ弱っているなと、黒澤は洗面所で手を洗い、キャリーバッグと共に提げてきたテイクアウトのコーヒーを紙袋から出し、篠口のオーバーテーブルの上に二つ分置く。

「カフェラテにしておいた。砂糖は入れてない」

寝る前だからといって、篠口がコーヒーを控えるような性格でないことは知っている。むしろ、夜寝る前の読書タイムに、コーヒーを楽しむ習慣があった。黒澤も夕食後にミルで豆を挽《ひ》いてやったこともある。

普段はミルクを少し入れるだけのものを、カフェラテにしたのは黒澤の判断だ。

「…あ、美味《おい》しい」

美味《うま》いコーヒーには飢えていたのだろう。カップに口をつけた篠口は、珍しく素直に呟く。

「ここ、美味しいコーヒーが飲めなくて…」

愛しむようにカップを手の中に包む篠口に、黒澤は微笑む。チェーン店のものではなく、少し遠回りして自家焙煎《ばいせん》の専門店のものを買ってきた。篠口の好きな、深煎りでコクのあるブレンドだ。カフェラテにも合う。

「だろうな」

自販機のコーヒーは味気ないし、下に行けば購買もあるが、そもそも篠口が部屋から出たがらないのだと聞いた。

なので今は理学療法士がリハビリのために部屋まで来ているという話だ。

部屋を出て、自分で何かをはじめる気力、何かをしたいという意思、それも回復のバロメーターだ。

篠口はまだ、その段階にまで達していないのだろう。

だが、何かを味わいたいという意欲、そして、味わってそこで心にプラスの動きが生まれるのはいい傾向だ。前に洋梨を剝《む》いてやった時、篠口の反応を見て思った。あのあたりから、少し篠口らしい色や反応が戻ってきた。

黒澤は椅子を引っ張ってくると、篠口のベッドの横に座り、自分のコーヒーのカップに手を伸ばす。

「タブレットとかいるか？　一応、ここはＷｉ《ワイ》－Ｆｉ《ファイ》ルーターの持ち込みは可だ。映画なんかも観られるが…」

「今はまだ…」

篠口は首を横に振る。黒澤が持ってきた雑誌や本などが数冊あるが、それもたいして読み進んだ様子はない。

「欲しくなったら、お願いします」

薄く篠口が笑った。

「わかった」

頷くと、篠口は黒澤の持ったカップに目を向けてくる。

「それもカフェラテなんですか？」

「カプチーノだ。カプチーノ・スクーロ。ミルクの量が普通より少ない」

飲むかと差し出すと、篠口は受け取った。

「…苦いな、少しヘビーだ」

ひと口含んで、ほとんど独り言のように呟き、口許を押さえた篠口に黒澤は微笑む。体調的なものに加えて、久しぶりのカフェインというのもあるだろう。

まるで今、篠口の目から見る世界のようだ。

黒澤は腕を伸ばし、親指でそっと篠口の唇に触れてみる。

「そんなもんだろ？」

いつまでもここに閉じこもっているわけにいかないことは、この男も知っているはずだ。

世界は苦くヘビーで、そのくせまだまだ病みつきになる魅力で溢《あふ》れていると知ればいい。

ゆっくり立ち上がり、触れた唇に口づけるとビターなカプチーノがふわりと香る。

唇を離すと、半ば目を伏せてキスを受けた篠口が黒澤のスーツの胸許に拳《こぶし》を当て、無言で肩口に額を預けてくる。

そのままの姿勢で、こみ上げてきた感情をこらえるように深い息をつく男に、黒澤はその背を庇《かば》うように抱きながら、何度も肉の落ちた背中を撫《な》でた。

Ⅱ

消灯間もない病棟を、今日はやや早めの時間に仕事を切り上げた黒澤は、篠口が入院中の個室に向かって歩いた。

ナースステーションの前を通り過ぎる時も、仕事上、夜はどうしても遅くなると最初に丁寧に断りを入れてあるせいか、ステーション内の看護師も黒澤の目礼に笑顔で会釈してきた。

部屋の前で一度ドアをノックし、扉を開く。

読書灯のみがついた暗い部屋の奥で、数日前、置いたばかりのクリスマスツリーが静かに点滅している。

普段は音楽が流れていることの多い部屋が、今日は静かだった。

もう眠っているなら起こさないようにと、極力気を遣って洗面所で手を洗い終えて出てくると、暗がりの中、じっとクリスマスツリーへと目を据えながら、篠口はギプスの巻かれた不自由な右手の先で神経質にシーツを弄《いじ》っていた。

黒澤を見上げてくる表情は、どこか思いつめたようで危うい。

先日来、いくらか軽口や憎まれ口もたたいていたが、今日はあまり精神状態がよくないようだった。

「どうした？　まだ眠れないか？」

時間も早いからな、と黒澤はコートを脱ぎながら尋ねる。

コートをハンガーに掛ける間も、返事がない。

振り返ると、篠口の左瞼の下が細かく痙攣していた。しかし、本人には自覚がないのか、まだ何かじっと考え込んでいるような表情を見せている。

思考が緩慢なのは仕方がない。いくらか調子がいいように見えても、フラッシュバックした事件の衝撃で時に精神的な解離があったり、感覚が麻痺《まひ》したり、逆に身体が硬直したりと、折々にそういった状況がぶり返す。

「…一課の強行犯が出てくるそうです」

篠口が前置きもなく口を開いた。

「ああ…、そうだな」

篠口の所属する捜査一課でも、強行犯捜査係は殺人、強盗、強制性交や放火を扱う主流派だった。いわゆる『捜査一課』の名で一般的に連想される組織だ。

袴田による拉致監禁とその救出までは、篠口の所属する特殊犯捜査係の担当だが、篠口が袴田から受けた暴行や強制性交に関しては、本来、強行犯の担当となる。また、過去に袴田が関わったであろう失踪や殺人事件については、完全にその強行犯の管轄だった。

今後の捜査に関してはほぼ強行犯によって行われることになるが、今回は被害者が篠口であることから、生方が特殊犯の方で調書まで扱えるように極力采配している。他部署の刑事達に、篠口が受けた赤裸々な被害内容を語らなくていいよう、生方や羽島《はしま》管理官らが前面に立って庇っているのだった。黒澤の意向を受けた刑事部の後輩キャリアの森田《もりた》が、全面的にその生方の采配を支持しているし、同僚の受けた被害は倍にして返してやりたいという警察内部の仲間意識もある。

　留置所内ではスペースが限られているため、袴田はやむを得ず、昼夜を問わずに奇声を上げたり暴れたりする麻薬常用者の隣の個室に配していると森田から聞いたが、個室ならむしろ好待遇じゃないかと応えておいた。

　だが、仲間内からそんな袴田へのささやかな意趣返しがあるにしても、それで篠口自身が救われるわけではない。

　むしろ、今後の捜査で、直接でなくとも他部署に被害内容まで知られることに、篠口が精神的に大きなダメージを受けるのはわかる。

「座っていいか？」

　黒澤は断り、篠口のベッドの端へ腰かけた。

「キツいなら、無理に捜査に協力しなくてもいいぞ」

　黒澤の言葉に、シーツを握っていた篠口の指先がピクリと跳ねる。

　どこか引き攣って見える、おどおどとした表情で篠口が自分を見上げてくる。

　普段は人当たりがよくても、負けず嫌いでプライドの高い男が、こんな無防備で弱々しい表情を見せるのは初めてだった。

「捜査協力は義務じゃない」

黒澤の言葉に、篠口はかなり長い間を置いて、薄く笑った。まるで傷口がそのまま開いたような、痛々しい笑いだった。

だが、いくらか篠口の気持ちを軽くしたのはわかる。

篠口の視線がシーツの上をさまよったあと、ふと黒澤の腕の時計に向けられた。

「…僕の時計は…」

篠口はぽつりと口を開いた。

「時計？」

「ええ、祖父に譲られた…アンティークの…、ベルトは砂色の仔牛革《カーフ》で…」

普段、仕事の時につけているのを見たことはないが、数度、休日に使っているのを見た覚えがある。

それ、いいなと声をかけた時、洒落《しゃれ》ていて気に入っているが、あまり仕事向きではないので普段はつけないのだと篠口が笑っていた。

確かにサンドベージュの厚みのあるやわらかい質感のベルトは、オフ時の篠口やその服の好みによく似合っていた。

黒澤は情人が失ってしまった穏やかな日常に、膝の上で拳を握りしめる。

袴田の別荘やマンション、研究室内のものはほとんど押収しているはずだが、職場の同僚らが普段目にしていなかった腕時計は、篠口ではなく袴田のものだと判断されて手許に戻されていないのかもしれない。

袴田はコレクター癖もありそうな男だ。戦利品として、あるいは手に入れた獲物を普段も確認するような思いで、別荘内でなく、研究室やマンションの方へ置いていたかもしれない。

「わかった、すぐに戻す」

黒澤の言葉に、篠口はしばらく黙っていたが、いえ…、と呟いた。

「捨ててしまってください…」

押し殺したような歪《ひず》んだ声に、惨めな篠口の心理状態を思う。

お気に入りでも、祖父の形見であったとしても、手許にあればガラスの割れたスマホ同様、様々な負の記憶がぶり返すのだろう。

「俺が預かっておこうか？」

縋《すが》るような目が、黒澤を見上げてくる。

「お祖父《じい》さんの形見だし、お気に入りなんだろ？」

大事にしていた品物や穏やかな記憶まで、あの男のために捨てることはないと、黒澤は声をやわらかく作る。

ちゃんと取り戻してやるとその顔を覗き込むと、篠口は目を閉じ、小さく頷いた。

Ⅲ

院内で夕食が終わった頃、篠口は病院の交換経由で海外にいる両親からの電話を受けた。

携帯に電話が繋《つな》がらないので、生方に教えられた病院に直接かけたのだという。

大丈夫なのかと案ずる両親に、篠口は利き腕の二箇所の骨折で日常生活に支障をきたすから、部長の配慮で入院させてもらったと説明する。本当のことはとても言えない。

『携帯に四回か五回はかけたのよ。何度かけても電源は入っておりませんっていうから、どうしたのかしらって心配したのよ』

母親の口調は、どこまでもおっとりとしている。

「携帯は壊れたんだ。代わりの新しいものを用意してもらったんだけど、まだ右手が使えないから何も操作できなくて」

『あなた、ずいぶん面倒な怪我《けが》ねぇ』

「そうだね、とりあえず新しい番号は伝えておくよ」

篠口は黒澤が書き置いていった電話番号を伝える。

「今、アイルランドのどこにいるの？」

『タスラっていう小さな村にいるの、素朴でいいところよ。羊や牛が何頭もいて、穏やかな眺めを作ってるような場所。今はどこもクリスマスの準備でね…』

その話を聞いても、篠口には母親が説明してくれる牧歌的な村、霜の降りる田舎の朝が想像できなかった。

自分の状況は曖昧《あいまい》にぼかし、ひとしきり両親の話に相槌《あいづち》を打つだけの何でもないことに、今はずいぶんな疲労感を覚える。

篠口は黒澤が置いていったクリスマスツリーとトナカイの飾りに、ぼんやりと目を向けた。

海外のクリスマスの話は遠く、今、現実と篠口を繋ぎ止めているのはあの素朴なサンタクロースや白く小さなツリーだけのような気がする。

母の声を聞きながら、篠口は黒澤が残していった温かな気配に安堵《あんど》した。

「お母さん、これ、国際電話でしょう？」

『あら、そうね。また、日本に戻ったら電話するわ』

「そうしてください。…気をつけて、年末年始はそちらで過ごすんでしょう？」

『ええ、そのつもり』

「いいですね、少し早いですけど、よいお年を」

平静を装う言葉が勝手に口から出てくる。

海外で新年を迎える両親の幸せを願う気持ちは本当だ。

滞在中のＢ＆Ｂ《ベッドアンドブレックファースト》から、確実に篠口と連絡がつくだろう時間を見計らい、老いた両親が時差なども考えて連絡を取ってきてくれたのだとわかる。

ただ、まだ恐怖と倦怠《けんたい》感から自分を立て直せない自分が、職場に戻ることもできずにここでぼんやり時間を過ごしているだけで…。

多分、いつもと同じように受け答えできたと思う。袴田のことは絶対に知られたくないし、これでよかったのだと、受話器を置いた篠口はしばらく椅子の上に膝を抱える形で身を丸める。

そのままの姿勢でじっとツリーの瞬きを見ていると、黒澤がノックと共に入ってくる。

電話を取るために部屋の陰にいたせいか、珍しく篠口の姿を探すような気配のあと、男は椅子の上で片膝を抱えた篠口に破顔した。

「元気か？」

篠口は片膝を抱え、普段、あまり見ることのない男の笑みを見上げる。

「親が電話をしてきました、アイルランドから…」

「そうか」

黒澤は頷くと提げていた鞄《かばん》と夕食の入っているらしきコンビニの袋を置き、コートを脱ぐ。

「話せたか？」

「少し…」

頷くと、何もかもを呑み込んでいるような表情で、黒澤はネクタイをゆるめた。

黒澤が手を洗い、戻ってきてスーツの上着をハンガーに掛けるまでの一連の動きをじっと見ていた篠口は口を開く。

「今日は早いんですね」

「土曜だぞ」

ああ…、と篠口は笑った。

曜日の感覚さえなくなっていることに、乾いた笑いが洩れたというのに近い。

その頬に伸びてきた男の指が触れ、篠口は何事かと顔を上げる。

「キツい時には笑わなくてもいいぞ」

何もかも見透かしている言葉に驚いたものの、黒澤らしい労《いたわ》りに今度は自然に口角が上がる。

「今日はコンビニコーヒーな」

悪戯《いたずら》っぽい目つきと共に、黒澤はビニール袋の中からコーヒーの紙コップを取り出し、とんとテーブルに置いてくれる。

「ありがとうございます」

篠口は椅子を黒澤に譲り、自分はベッドの上へと移動し、コーヒーに手を伸ばす。

コンビニのコーヒーであっても、わざわざ買ってくる手間はある。

この間、ナースステーションに恋人がサンタクロースだと言ってあると、篠口をからかったばかりの男だ。

何を考えているのかつかめないのはあいかわらずだが、今は側《そば》にいてくれること、こうして外の時間の流れを自然な形で少しずつ教えてくれることに感謝している…。

Ⅳ

クリスマスが過ぎ、病棟内もどことなく慌ただしい雰囲気となっていた。

右手の人差し指のシーネや腕のギプスが外され、ほっとした日の午後、カルテを手に篠口の部屋を訪れた医師は紙片を手渡してきた。

「血液検査の結果、問題はなかったので、どうされますか？」

医師の言葉通り、その検査結果用紙のＨＩＶ《エイチアイブイ》検査の項目が陰性となっていることを確認した篠口は、小さくほっと息をつく。

「どう…というと？」

ベッドに身を起こした篠口はわずかに首をかしげ、眼鏡をかけた担当医を見る。

「先日、退院について聞かれてましたね」

「はい」

「もし、ご家族が一緒に過ごされるようなら、こちらまで迎えにきていただいて、年末年始に一度外泊という形で、様子見でおうちに戻っていただいても大丈夫ですけどね」

外泊であっても、ここを出られるのはありがたい。

とっさに、迎えだけでも遠藤か誰かに頼めれば…、と篠口は考える。病院さえ出られれば、あとは年末年始だけでもひとりで過ごすことができる。

「僕の両親は今、海外にいるので、他に誰か身内の者に頼んでもかまいませんか？」

「そうですね、今、クロサワさん…ですか？　同僚の方が付き添いで部屋にいらっしゃるとのことで、その方ですかね？」

カルテに何か重要注意事項で記されているらしく、医師はカルテを確認したあと、逆に尋ね返してくる。

「いえ、黒澤もそれなりに多忙なので、また別の者に頼もうかと思っていたのですが…」

曖昧に言葉を濁す篠口に、うーん…、と医師も唸る。

「そうですねぇ…、一応、外泊についてもウブカタさんか、このクロサワさんという方の承諾書をいただくことになっているので、それで話がつくようなら大丈夫ですよ」

「…承諾書？」

「ええ、こちらも外泊していいですよ、と勝手に決めていいわけではないので…」

医師は穏やかな表情のまま、ぼかして言っているが、これは今回の事件の特異性を指しているのだろう。

これまで自分が思っていた以上に、事態は深刻に捉えられているらしい。わざわざ個室を確保して面会謝絶のまま押さえてある以上、篠口も好き勝手はできないようになっているようだった。

「…そうですか、じゃあ、生方か黒澤に聞いてみます」

正直なところ、医師の指示であっても、生方に年末年始の自分の身柄を引き受けてくれというのは無理筋だ。

生方には家庭がある。むろん、生方なら責任感からきっちり篠口につきあってくれるだろうし、家族にも篠口を引き受けてやらなければならないとちゃんと伝える上司だ。だが逆に、生方の年末年始の貴重な休みを篠口のために割いてもらうのはあまりに申し訳なさすぎる。

浅香《あさか》が生きていれば、多分、無条件に篠口を引き受けてくれたのだろうが、浅香を失ってもう七年だ。あのように友人として無邪気に無条件に明るく自分を肯定してくれた存在は、もういない。

この世から消えてしまった友人の屈託のなさが、かつての篠口にとっては救いだったが、徐々に記憶の中の浅香の笑みや声も遠くなりつつある。

浅香の声のトーンはいつも明るく曇りがなくてよく通ったが、今、その声が最近まわりで聞いた人々の声に上書きされてしまうように思え、やるせなさに篠口は目を伏せた。

「そうですね、こちらからも一度説明してみましょう」

医師はにこやかに言って部屋を出てゆくが、この様子なら生方に説明があったとしても、結果的に黒澤まで話が通る。あの男のことだ、おそらく抜かりなく生方から情報を得られるように手を打っているだろう。

篠口の救助まで、裏側でかなり手をまわしていたのは黒澤だと聞いた。

本来なら、ほぼ同時期に起こっていた大手電子器機メーカーの社長令嬢誘拐事件の方へと、篠口の所属する特殊犯第二係も応援で入れられるところ、そして、実際に初動時に応援に入ったのを、すぐに篠口の捜査に戻ったと聞いた。

捜査時にも、普通では考えられないような膨大な捜査映像を融通してくれたのは黒澤だったと、遠藤が教えてくれた。

やり口を変えると言っていたが、ここまで明確に距離を詰めてくるとは思わなかった。

逆にこれまでは、ずいぶん鷹揚《おうよう》に腕の中で泳がされてもいたのか。

外泊でも何でも、病院を出たいのはやまやまだ。ここは医師や看護師の出入りの他にも、始終、病棟内での音が聞こえてくる。

神経質で、人一倍プライバシーにこだわる篠口は、袴田に囚われていた時も含めて、ずっと誰か他人の気配に晒され続けているだけで消耗する。

どうせ黒澤の耳に入るなら…、と考えた篠口は、夜、いつものように消灯後に部屋にやってきた黒澤に医師の話を伝えた。

「迎えだけお願いできれば、自分で部屋に戻ります。あとはつきあっていただかなくていいので…」

黒澤はスーツの上着をハンガーに掛けながら、表情の薄い顔を篠口に向けた。

「お断りだ、俺にだって責任と立場がある」

篠口は一瞬、黙り込む。

黒澤のあまりに冷ややかな言いように、虫の居所が悪かったのかと思った。

「いつの予定だ？　外泊なら、日中に迎えにくればいいんだよな？　年末なら、まぁ、大丈夫だ」

続く返事は淡々としていたが、最初の突きはなしたような響きはなかった。

「忙しいんじゃ…」

「いや、今年はそこまで立て込んでない。三十日か、大晦日《おおみそか》あたりなら昼には来られる」

立て込んでいなくとも昼からなのか、それとも他にも用があるのか。声がいつもよりも平淡すぎて、色々測りかねた。

「ご実家とかはいいんですか？　親族とのおつきあいとか…」

「家庭持ちでもないし、そういうのは大丈夫だ。たまに顔も出してるし」

たまに顔を出すという男を意外に思って、篠口はしばらく黒澤を見上げる。

視線には気づいているだろうに、こういう時に限ってこの男は平然と横顔を見せる。

それがずいぶん冷淡にも薄情にも見えることがあって、必要以上に深入りして尋ねるのも億劫《おっくう》で、篠口は結局目を伏せた。

「ご迷惑をおかけしてるのはわかってます。タクシーもありますし、家に帰るくらいならひとりで十分なんですが…」

「病院だって立場があるだろ」

「病院の立場って…」

篠口は言葉を飾る気にもなれなくて呟く。

「確かに今回の事件は僕の迂闊さも一因なのかもしれませんが、僕もいい歳ですし、生方係長を含めて、そう何から何まで人の世話になりっぱなしなのも…。親のもとに戻る歳でもないですし…」

そんな篠口の呟きをどう思ったのか、黒澤はスラックスにシャツだけの姿でひょいとベッドの上、篠口の隣に腰かけてきた。

「お前がどう思っていようが、医者も一応予防線張るだろ？　実際、何かあったら責任問われるのは向こうなんだし、マスコミにはつつき回される。医者だってそういうのは怖いんだよ」

篠口はこめかみに片手をあてがう。頭がうまくまわっていないのか、嚙《か》み砕いた黒澤の言葉すら理解するのにワンテンポ遅れる。

しかし、黒澤は辛抱強く篠口が言葉を呑み込むのを待ったあと、さらに指を折りながら続けた。

「他にも三食ちゃんとバランスよく食べるかとか、睡眠時間をきっちり取って規則正しく生活できるかとか、健康的な生活管理全般もひとり暮らしだとおろそかになりがちだろ？　外泊後にちゃんと病院に戻るかっていうのも含めての管理監督義務を、本人以外の誰かがやるっていう話になると、結局、普通は家族っていうことになる」

そういうものだと言われれば、確かに一理ある。すぐに理解しづらいのは、自分に余裕がないせいかと篠口は浅く息をついた。

「俺の部屋か、お前の部屋…。そうだな、年始が重なるならどこか旅館かホテルに行ってもいい。いくらかマシなものも食べられるだろう？」

思わぬ提案に、篠口は少し迷った。

選ぶというよりも病院を出ることばかり考えていて、とっさにどうしたいという希望がなかったためだ。

「一度、部屋に戻りたい…です」

篠口は何の気なしに外へ出たあの夕方以来、まだ一度も戻れずにいる自分の部屋を思う。

「何もかも放ったらかしで…、買い物だけしてすぐに戻るつもりだったのに…」

ポロリポロリと、これまで誰にも洩らさなかった本音がこぼれ出る。

黒澤は手を伸ばし、思わぬやさしさで篠口の膝をポンポンと布団の上から叩いてきた。

「オッケー、とりあえずはお前の部屋な。そのあと、ここよりもマシなものを食べてゆっくりするなら、俺の部屋よりも旅館かホテルだな。手配しとく」

篠口は小さく頷いた。

V

三十日、篠口が考えていたよりも早い昼前に黒澤は病院へと姿を見せた。

「今日はオフなんですか？」

シャツの上に厚手のニットと濃紺のショートコートをまとって現れた男に、篠口は驚く。

十年ほどになるつきあいだが、私服姿の黒澤など、ほとんど見たことがない。

「さすがに今日はな」

篠口の私服を入れた鞄を手渡しながら、黒澤は頷く。

「お前の服と靴、適当に持ってきたぞ」

「わざわざすみません」

一応、篠口の服を取りに寄ってくれるとのことだったので部屋の鍵を手渡してあったが、それだけでもずいぶんな手間だ。

袴田の別荘から直接救急車で病院に運び込まれたので、外へ出るための靴すらない状態だった。

「準備が終わってるなら、早く着替えろ」

布団やテーブルの上などが整理された病室を見ると、男は篠口を促した。

そして、付き添う間に置いてあった黒澤の寝間着代わりのホームウェアをキャリーバッグに手早くまとめてゆく。

ギプスは外れたが、まだ右手の指は曲げることもうまく動かすこともできず、シャツのボタンをはめるのに苦労していると、それを見てとった黒澤が手伝ってくれる。

「この間よりも、まだ曲がるようになったか？」

「なかなかですね。本当に曲がるようになるのかな…」

利き手の前腕と人差し指を折るとほとんどのことはできなくなると言ったのは袴田だが、確かに固定具が外れたあとも強張《こわば》りがうまく解けない。ギプスで可動域が狭まっていたため、他の指もあまり思い通りに動かない。

　袴田はこのことをよく知っていたのだろうと、篠口は眉を曇らせた。

「人差し指は少し時間がかかりそうだが、他の指はこの間よりも動くようになってきたんじゃないか？」

　黒澤は篠口の右手に触れ、指や手首の動きを見て微笑んだ。

「昼はどうする？　どこかでランチを取ってもいいし、何か買っていってもいい」

　黒澤の返事の健全さに救われ、篠口は唇の両端を上げる。

「サンドイッチでも買っていきますか？」

　病院を出てすぐに外で食事を取れるほどの気力はないが、美味いものは口にしたい。

「どこか店あるか？　年末だから、ギリギリまでやってるところだといいんだがな」

「ああ…、もう年の瀬なんですね」

　今ひとつ自覚のない篠口は呟く。

　時節を報じるテレビや新聞の類《たぐい》は意図的に避けるようにしていた。ＰＴＳＤ《ピーティーエスディー》となるほど精神状態の不安定な時には、自分から情報を取りにいかない方がいい。数多《あまた》ある情報の海の中から、自分を追い込む情報ばかりを汲《く》んでしまう可能性があるためだ。

　病棟内すら出歩いていないために、黒澤が持ってきてくれたツリーやクリスマスディナーの差し入れ、生方のくれたケーキ以外にはこれといった季節感もなかったが、外泊が許されたのは正月休みが大きな理由だろう。

街はすっかり年の瀬も押し迫っているのかと、あらためて窓から外を眺める篠口に、男は何も言わなかった。

篠口は駅前の商業施設に入っているドイツパンを扱うショップの名前を挙げる。そこなら、まだ開いているような気がした。

「いいだろう、さっさと手続きすませて帰るぞ」

ほら、とキャリーバッグや篠口の身のまわりのものを詰めたバッグを提げ、黒澤は促した。

病院からはタクシーで篠口のマンションへと向かった。

途中、タクシーを待たせ、篠口の勧めたパン屋で黒澤と共にハムやチーズをふんだんに挟み込んだ贅沢なパンやつけ合わせ用のサラダ、フルーツジュースなどを買う。

病院では購買部にすら足を向けなかった篠口には、久しぶりに接する俗世だった。新鮮だが、何もかもが騒々しく慌ただしく見えた。

だが、同時に横に黒澤がいなければ、こうして店で食事を買う気にもなれなかっただろうと、篠口は店員がパンを紙袋に詰めてゆくのを見ながら思う。この男の側は絶対的な安全圏だと、自分は身に沁《し》みて知っている。

店を出てタクシーに乗る前、黒澤がふいと篠口の腕を引き、コーヒーショップで二つ、ブレンドをテイクアウトした。

おそらく、黒澤はこうして篠口を少しずつ外の世界に慣らそうとしている。

プライベートな時間は欲しかったが、ひと月ほど籠もっていた病室を出るのは恐ろしくもある。

黒澤が一緒にいなければ、今の自分の精神状態ではこうして病室の外に出ることすらできなかったはずだ。

篠口はタクシーの中から、マンション近くの冬めいた空の色を見る。いつのまにか晩秋から師走へと季節が一気に飛んでいた。

マンション前へ着くと、篠口の荷物は黒澤が引き受けてくれる。

篠口はパン屋の袋だけを手渡されたが、病室の中以外はほとんど歩くことのなかった分、全身の筋量がかなり落ちているらしく、部屋への階段を上っただけで息が上がった。自分の足が信じられないほどに重い。

篠口が肩で息をしていることに気づいたのだろう。先にバッグを提げて上がる黒澤が、普段のように揶揄《やゆ》することもなく途中で振り返る。

「大丈夫か？」

篠口は黙って頷いた。

なんとか部屋の前に着くと、鍵を手渡しておいた黒澤がドアの前で鍵を返してくる。

篠口は小さなひとつの儀式のように自分の手で鍵を開け、そっとドアを開いた。

久しぶりに帰る部屋は、しんと静まりかえっている。しかし、覚悟していたような目立った変化はなかった。

篠口はそれを意外に思いながら、慣れ親しんだようでどこかよそよそしくも見える自分の部屋へ、用心深い猫のようにそろそろと足を踏み入れる。

さして広さはないマンションだ。出た時とほとんど様子は変わっていないように思える。一見、袴田に入られたような形跡もないようだ。

あとから入った黒澤が、玄関の三和土《たたき》部分にいったんキャリーバッグなどを置いている。

袴田はここへは来たのだろうか…、鍵も財布もすべてあの男が持っていたぐらいだから…、と篠口は部屋の中を見まわしながらキッチンへと足を進めた。

ひと月半ほど前に部屋を出る時、鍋のあったはずのコンロの上を見て、一瞬息を押し殺す篠口に、黒澤が声をかけてくる。

「鍋の中の料理と、冷蔵庫の生物《なまもの》は処分しておいたぞ」

黒澤の指差すシンク横のステンレス製の水切りカゴに、確かに厚手の鋳物鍋が洗い上げて伏せてあった。

篠口はほっと肩の力を抜く。

「黒澤さんが…？」

「少し片付けたって言っただろう？　傷んでたみたいだからな、せっかくだったが…」

黒澤はつけ足した。確かに病院で聞いた気がするのに、忘れてしまっていたと篠口は目を伏せる。自分でも記憶がおぼつかなくて不安になる。

「勝手に処分して悪かった」

黒澤の口から謝罪が出たのは意外だったが、助かったのは確かだ。

「いえ…」

あの鍋に傷んだ料理が入ったままなのを見ていたら、自分は何か叫んでいたかもしれない。袴田に拉致されて以来、これまでずっと抑圧されてきた行き場のない鬱憤《うっぷん》なのか、憤りなのか、それとも悲嘆なのか…、今はそれすらわからないが…。

「…ワインを買いに出たんです、料理に合うものをと思って…」

力なく呟く篠口の手から、黒澤が昼食の入った袋を取る。

「お前はワインにしても料理にしても、趣味がいいからな」

そして、背中を押された。

「手を洗ってこい。コーヒーが冷める前に」

洗面所で手を洗ってふと鏡を見ると、痩《や》せてやつれた青白い顔がこちらを見ている。

病院の洗面所の鏡ではそこまで酷いようにも思わなかったのに、頬の肉は削げ、鼻のあたりが以前より尖って神経質な印象が目立つのに篠口は眉を寄せた。

いつのまにか瞼の下が細かく痙攣している。勝手にヒクつくのが不快で押さえてみたが、痙攣は治まらない。

病院側が外泊には誰かと一緒でないと許可を出せない、そして黒澤がそんな病院側にも立場があると言ったのは、こういうのを見てのことなのか。

下瞼の痙攣がいつから起こっていたのか気がつかなかったが、しばらくは治まりそうにないので、諦め気分で篠口はテーブルに皿と、取り出したパンやコーヒーを並べる男に声をかけた。

「ありがとうございます、色々…」

いつのまにか黒澤がつけていたらしいオイルヒーターで、部屋もぼんやりと暖まりつつある。

あらためて礼を口にした篠口に、男はいつもとは違う形に唇の両端を上げた。

「どうかしたか？」

あいかわらず巧みに篠口の表情や気持ちの裏を読む。

「今、気がついたんですが、ずっと下瞼の痙攣が治まらなくて」

「疲れてるんだろ？　それとも、自分の部屋に戻って気がゆるんだんだか」

「病院でも出てましたか？」

椅子に座りながら尋ねてみると、黒澤は口許でちらりと笑った。

「時々な」

気づいていなかったのは自分だけなのかと目を伏せる篠口の前に、黒澤はサンドイッチを包むワックスペーパーを解いて置く。

気づけば、オーディオからは篠口が気に入って聞いていたデンマークの女性シンガーのアルバムが流れている。

男がフレッシュジュースのカップにストローを刺してくれるのへと手を伸ばしながら、美しく緻密なピアノのメロディーと澄んだ声に耳を傾けると、思わず肩の力が抜け、溜息がこぼれた。

「どこか行きたいところはあるか？　今の間にやっておきたいこととか」

篠口の溜息には気づいただろうに、サンドイッチを口へと運びながら男は無造作に尋ねた。

「…洗濯物もありますし、部屋も整理したいです」

ひと口囓《かじ》ったサンドイッチは確かに美味しい。生のフルーツを搾ったジュースも新鮮だ。

だが、あれだけ求めていたはずのライ麦の重量感のあるパンの酸味、厚みのあるハムやチーズの旨《うま》味《み》、搾りたての果汁も今は濃厚すぎて、以前に黒澤が病室に持参したカプチーノのようにヘビーに感じられた。

そんな篠口の表情をいつのまにか観察していたらしく、黒澤はまた小さく笑った。

「まぁ、そうだな。いきなりあれもこれもと欲を出すと疲れる。少しずつでいい」

「クリスマスにはシャンパンもいいなと思ったんですが…」

ストローに指先で触れながら呟くと、男は悪戯《いたずら》っぽい上目遣いを見せる。

「悪くないだろ」

だが、階段を上っただけで息が上がるくらいだ。帰宅早々、アルコールはきつい。

「まずは洗濯を」

「現実的だな。それ、俺がやってやるから、部屋や荷物の整理をするか？」

「黒澤さんがですか？」

「俺だって、洗濯機ぐらいはまわせる」

確かに今が独り身なら、自分の服ぐらいは洗っているのだろうが、やや想定外の申し出だった。

前はトースターでパンを焼いたことにすら驚いたほどだったから…、と篠口はいつものようにつかみどころのない表情を見せる男の顔をあらためて見る。

見た目だけは本当に申し分なく整った、好みの男だった。

「それもそうですね…、最近の洗濯機は優秀ですから」

篠口の呟きに、黒澤は片頬を吊り上げる。

「口は達者そうだな、やっぱり自分で洗うか？」

「そうですね、自分で…」

篠口は視線を洗濯機のある洗面所へと向ける。そして、あまり広いとはいえない部屋全体を眺め、寝室へと目を向ける。

袴田には、すでにスマホの中を勝手に見られたという。

ならば、鍵も奪われていた以上、あの男に勝手に入り込まれたのではないか…、そんな怯えを篠口の不安定な目の動きから察したらしく、男は言った。

「お前が出かけたあと、この部屋には遠藤とお前の部の後輩が週明けに安否確認に訪ねてきただけだ。それは防犯カメラの映像でも確認できてる」

篠口は安堵から小さく頷き、今回ばかりは男の察しのよさに感謝しながら、おとなしくコーヒーを口に運んだ。

食事を終えたあと、結局、篠口は自分で洗濯機をまわした。その間に黒澤が風呂掃除をし、部屋に掃除機をかけてくれる。それを横目に寝室で病院から持ち帰った荷物を整理していた篠口は、気がつくとベッドの上に伏して眠り込んでいた。

傾きかけた西日に慌てて身を起こすと、肩に毛布が掛けられていて、黒澤はテーブルでノートパソコンを触っている。いつものように仕事らしい。

一時間以上うたた寝していたのかと、身を起こした篠口は黒澤に声をかける。

「すみません、寝るつもりはなかったんですが…」

気づくとベランダには洗濯物が干されていた。

「のんびりするために家に帰ってるんだから、別にかまわないだろ？　夕飯は寿司でいいか？」

篠口は慌てて頷く。黒澤がいるというのに平気で眠り込んでいた自分に驚く。それとも、相手が黒澤だからこそ、どこかで安心しているのだろうか。以前の自分では考えられないことだった。

「年末だから高級店は開いてないと思う。チェーン系の寿司屋で配達頼むか？　混むだろうから、早めに電話入れたほうがいいんだろうが…」

「駅前の『葵寿司《あおい》』っていう小さいお店が、チェーン店ではないですが、いつも年末ギリギリまでやってた気がします。多分、配達もしてくれるんじゃないかな」

「ふうん、じゃあ、そこにするか」

　さっさとネットで番号を調べた黒澤は、スマホを操作しながら篠口を振り返る。

「何か食べたいネタとかあるか？」

「いえ、特に…。赤身よりも白身の魚の方が好きですが…」

　篠口の返事を受けて黒澤はひとつ頷き、電話口で今日のお勧めのネタを尋ねたあと、握りの盛り合わせとフグ、鯛《たい》、エンガワ、ウニにカンパチと景気よく追加してゆく。

「ずいぶん頼むんですね」

　電話を切る男に言うと、男はニッと笑った。

「普段はほぼ年中無休に近いんだ。年末年始の休みにいいもの食わなくて、いつ食うんだよ？」

　そういえば上背のある分、それなりの量は食べる男だったと、すっかり食の細った篠口は感心する。

　それとも、自分も事件前ならそれぐらいは平気で食べていたのだろうか。少なくとも、以前は黒澤と自分の食べる量に大きく差があると思ったことはなかった。

「三、四十分で持ってくるらしい。インスタントの味噌《みそ》汁なんかあるか？　ないなら、買ってくる」

「ありますよ」

篠口はキッチンのストッカーから買い置きのインスタント味噌汁の袋を出し、ついでにお湯を沸かして黒澤の分と二人分のお茶を淹《い》れる。

「洗濯物まで干してもらって、すみません」

「いいさ、それぐらい」

男は肩をすくめた。

夕飯を平らげ、久しぶりにゆっくりと時間を気にせずに自宅の風呂に浸《つ》かるとホッとする。

身体を十分に温めて出ると、先に風呂を使った黒澤が湿った髪でソファーに身を投げ、篠口の本棚から見つくろったらしき本に目を通していた。

ふと顔を上げると、篠口を手招きしてくる。

何だろうと寄ってゆくと、男は小ぶりな瓶の蓋を開けながら手を差し出した。

「右手を出せ」

「何です？」

黒澤は並んで腰かけた篠口の右腕を取ると、パジャマを肘までめくり上げる。

そして、手に取ったオイルで肘から下、指先まで、とくにギプスを外してから思うように動かない人差し指を丹念にマッサージしてくれる。

オイルヒーターで十分暖まった部屋にふわりと香るのは、グリーンティー系の香りだった。温まっ

た手をやわらかくほぐされると、動かない手への苛立《いらだ》ちも強張りのほぐれと共に溶けてゆく。

「…ありがとうございます」

今ばかりは心底安心し、くつろげると篠口は微笑む。

「こうやって手を温めたあとにマッサージしてやれば、一週間もすれば元通りに動く」

「はい」

おそらく黒澤の言う通りなのだろう。今は神経がピリピリと尖っているが、もう篠口は袴田のもとから解放されている。色々なものが元通りになってゆくはずだ。

黒澤がマッサージを終え、温めたタオルで手を拭ってくれたあと、しばらく本を読む男の隣にぼんやりと座っていた篠口は、ふと思いついて普段はあまり手に取らないブランデーの瓶とグラスをカップボードから取り出す。

「マーテル、飲まれますか？」

本から顔を上げた黒澤は珍しく真顔で眉を寄せる。

「おい、安定剤とアルコールの飲み合わせは、よくないんじゃないのか？」

篠口に処方された薬のことを言っているらしい。処方内容も正確に把握しているようだ。

普段は薬の飲み方などに無頓着そうな男の強い語調に圧《お》され、篠口は口ごもる。

「今日はまだ、夜の分は飲んでませんが…」

「なら、いい」

どこかホッとしたようにも見える顔に戻り、身を起こしかけていた黒澤はソファーに座り直す。

「寝酒か？」

「ええ、さっき変な時間に寝たせいか、まだあまり眠気もなくて」

「部屋に戻って、病室とはまた環境が変わったからっていうのもあるのかな？　なら、俺も少しもらおう。何かつまみになるようなものはあるか？」

「どうでしょう？　それこそ、黒澤さんの持ってきてくれた生ハムかな。味が落ちてないといいんですが…」

「わかった」

黒澤は冷蔵庫を開け、残っていた生ハムの塊を取り出す。一応、黒澤が用意するらしい。

「あとはビターチョコレートがあったかも」

篠口は前に輸入食材店で購入した、オレンジピールをビターチョコレートでコーティングしたものを棚から取り出す。

「お前、そういうの買うのな」

カッティングボードの上で生ハムを切り分ける男は、へぇ…、と楽しげに唇の両端を上げた。

「嫌いじゃないです。特にこういう柑橘《かんきつ》系のピールやドライフルーツをビターチョコレートでコーティングしたものは、海外のお菓子でもあまり外さないんで」

「ああ、経験則か」

目を細める黒澤の分もブランデーをグラスにロックで注ぎながら、篠口は上目遣いに男を見る。

「お前さ、そういうところ、時々、意外な可愛さがあるんだよな」

この反応は褒められたのだろうかと、篠口は男が切り分けた生ハムに、以前篠口がしたようにオリーブオイルと黒胡椒《こしょう》をかけるのを見る。普段は口にしないだけで、おそらく篠口がしたことを正確に覚えているのだろう。

「甘いものって、たまに欲しくなりませんか？」

「まぁな、俺も嫌いじゃないよ」

篠口が皿に移したチョコレートとグラスをソファーの前に運ぶと、黒澤もカッティングボードや庖《ほう》丁《ちょう》を洗い上げ、ソファーにやってくる。

「さっきの…薬とアルコールの飲み合わせって、ずいぶん真剣な様子でしたけど、どうしてそこまで？」

黒澤さんらしくないと言うと、男は氷の浮いたグラスからちらりと目を上げた。口許は薄い笑いの形だが、目は笑っていない。

「前に身内が飲んでたからな」

カラリとグラスの氷が鳴る。それ以上は説明する気もないようで、男はチョコレートをつまむ。

それなりに特殊な薬だ。身内と言われて、篠口も突っ込んで尋ねることもできずに口をつぐんだ。

この男についてはまだまだ知らないことも多いし、こういう時には絶対的な距離を感じる。

黒澤が立ち上げたままだったノートパソコンを操作し、動画サイトに繋げる。そして、スタンド型のフロアライトを点《つ》けると、部屋のメインの明かりを消した。

画面の薄暗がりの中に暖炉の炎が小さく音を立てながら揺らぎ、薪《まき》を舐《な》めてゆく様子が映る。何か海外ドラマか、映画のオープニングだろうかと思って待ってみたが、ただただ暖炉の中で薪が燃える様子を映しているだけで、パチパチというかすかな燃焼音に、時折、その薪が爆《は》ぜる音が混じる。

「何です？」

「暖炉で薪が燃える様子をただひたすらに映してる動画だが、不思議と落ち着くらしい」

確かにぼんやりと見入ってしまうような眺めで、フロアライトの明かりだけでしばらくじっと見ていると、篠口は久しぶりに口にしたアルコールのせいもあってか、軽い酩酊《めいてい》感とふわりとした眠気を覚える。

たいした量でもなかったのに…、と篠口は額に手を当てた。

「寝るのなら、ベッドに行けよ」

黒澤に促され、篠口は歯だけ磨いて戻る。男はソファーの上に脚を投げ出し、燃え続ける暖炉の動画を横にさっきの本を読んでいた。

「黒澤さんは？」

「俺はこれを切りのいいところまで読む」

篠口はかすかに頷くと、寝室に向かった。

ベッドの上に横たわっただけで、視界がぐらりと揺れる。目を閉ざすと、病院ではなかった深い眠りが訪れた。

ふと目が覚めたのは、明け方だった。日の出近い薄明かりがカーテンの隙間から差し込んでいる。篠口はベッドの上に自分だけなことに気づき、そして、昨晩から点いたままになっていたらしいフロアライトへと目を向けた。

黒澤はどうしたのだろうと、篠口は身を起こす。

リビングを覗いた篠口は、ソファーの上に病院でも使っていた薄い上掛けをかぶって寝る黒澤を見つけた。

「…黒澤さん？」

風邪をひくのではないかと、篠口はずり落ちかけた上掛けを肩まで掛け直し、男のどこか疲れたような寝顔に目を留めた。

普段は弱ったところなど想像もできない男だが、篠口につきあって病院で寝起きすること一ヶ月弱、狭くて固い病院のソファーベッドではあまり休めていないのではないかと篠口はしばらくその顔を見下ろす。

ソファーで寝たのは、袴田からの暴行を受けた篠口に対する配慮なのだろうか。

何となく、当然のようにベッドで一緒に寝るのだと思っていたが…、と篠口はこれまでとは違って思いもしない配慮を見せる男の寝顔をじっと見る。

この男がここまで深く眠る顔を見たのは、初めてかもしれない。

勘のいい男なので、普段は寝ていても篠口の起きた気配で目を覚ますのも早い。こうして呼びかけてみても眠り込んだままということは、これまでなかった。よほど疲れているのだろうか。

篠口は厚手の上掛けを持ってくると、あらたに男の上にそっと掛け直した。

足音を忍ばせ、ベッドへと戻りながら、昨晩、黒澤がふと洩らした、薬を飲んでいたという身内とは別れた妻なのだろうかと思った。

漠然とした推察だが、もともとの血縁ならそういう言いまわしにはならない気がした。

家に戻らなかったら相手が出ていったのだという黒澤の話をこれまであまり深く考えずに受けとめていたが、薬を服用するようなら少し関係はこじれていたのだろうか。

エリートコースを歩むキャリアで、あの容姿だ。もともとキャリアは激務だと承知の上で結婚したのではないのか、そこに憎悪や恨み、愛想尽かしなどの感情が多々入り交じったとしても、どんな相手がどんな思いでこの男のもとを離れたのか…、少し考えてみても想像もつかず、篠口はもぐり込んだベッドの中で再び目を閉じた。

篠口が再び目覚めた時には、時計は十時をまわっていた。

すでに男は起きていて、朝食用に買い出してきたらしいクロワッサンのサンドイッチと、ドリップパックのコーヒーがテーブルの上に置いてあった。篠口が久しぶりのコーヒーがヘビーだと言ったせいか、スティックタイプのコーヒー用ミルクも共に買ってきてある。

「起きたか？」

本を片手に尋ねてくる男の手許には、すでにコーヒーの入ったマグカップがあった。

「寝過ぎました、すみません」

顔を洗って戻ってくると、男は湯を沸かし、篠口の分と自分の分のコーヒーを新しく淹れ直している。篠口の動きが緩慢な分、フォローしてくれているらしい。

「朝食もすみません、ありがとうございます」

篠口は二人分の皿を出し、サンドイッチを載せる。

「今からだとブランチかな？　今日は少しは出歩けそうか？」

「どこか行きたいところでも？」

「いや、大晦日だし、何か年越し用の贅沢な料理、…まぁ、手軽にデリなんかでもいいんだが、買いにいく余力はあるかと聞いてるんだ」

篠口はしばらく考える。

自分の部屋へ帰って、久しぶりにゆっくり寝たつもりだが、この部屋への階段で息が上がったぐらいだ。賑わう年の瀬のスーパーやデパートへ出かける体力も気力もまだあるとは思えない。

「人混みは厳しいかもしれません」

外に出れば、それなりに好きな店へ足が向くのではないかと思っていたが、何か欲しいもの、行きたい場所もすぐには思い浮かばない。

「別に無理する必要はない。じゃあ、頃合いを見てホテルへ行くか」

「ホテル…ですか？」

「ああ、この部屋でもいいんだが、年越しぐらい料理も掃除も何もかも人任せで、羽を伸ばしてもいいだろ？」

　黒澤は都内の一流外資ホテルの名前を挙げる。

「ずいぶんいいところですね」

「年末年始ぐらい、少しは贅沢なところで寝泊まりしたい」

　篠口につきあって病院の固いビニールのソファーベッドで寝ていた男だ。贅沢をしたいという気持ちは篠口以上かもしれない。

「結局、旅館じゃなかったんだ」

　黒澤が前にホテルか旅館を取るかと尋ねた時、どちらでもいいと答えたのは篠口だが、今は和室はどうしても袴田に監禁されていた部屋を思い起こす。ホテルの方がありがたかった。

「この時期、旅館は厳しいな。相当前に押さえてないと」

「黒澤さんのことだから、どこにでも行けるのかと思いました」

　篠口の言い分に黒澤は片頬で笑った。

「俺にだって、できることとできないことがある」

おおむね何でもできる男のように思うが、あまり強引な手法は取らなかったということだろうか。

「ホテルの方が落ち着きます。むしろ、よくこの時期にあのホテルが取れたなって」

篠口の答えに、黒澤はちらりと視線を上げて笑った。

「そうか」

おそらく旅館を敬遠気味な篠口の思いも理由も見越したのだろうが、男は何も言わなかった。

Ⅵ

黒澤はコーヒーを飲みながら、篠口の荷造りをゆっくりと待った。全体的に篠口の動きも思考も、監禁される前よりは緩慢だったが、それだけ袴田に囚われていた時間は篠口にとって肉体的にも精神的にも過酷だったのだろう。

篠口は正月明けには病院に戻るので、ホテルへは急ぐわけでもない。それらの荷物も合わせてキャリーバッグに詰め終えたのを確認すると、タクシーでホテルへと向かった。

篠口は予約したホテルのすぐ横は何度か通ったことがあるが、中へと足を踏み入れるのは初めてだと言う。

ロビーは広くモダンで、落ち着いた雰囲気だった。フロントでカードキーを受け取った黒澤のあとについて部屋へと足を踏み入れた篠口は、角部屋の大きな窓の向こうに広がる眺めに目を瞠《みは》る。

二間続きの角部屋は広くゆったりとした造りで、高層階にあるせいか代々木《よよぎ》公園や新宿御苑《しんじゅくぎょえん》を含めた都心を一望できる非日常的な空間だった。

冬の陽射《ひざ》しは全体的にやわらかく黄味を帯びているが、季節的に空気が澄んでいるのか、ずいぶん遠くまで見える。視点の高さや視界の広さは同じ角部屋でも病室の比ではない。

「…ずいぶん豪華な部屋ですね」

窓辺で外を眺めた篠口は、キャリーバッグを引いてきた黒澤を振り返る。

セミスイートの角部屋はソファーのあるリビングの奥が寝室になるが、間には半オープン式のクローゼットがあった。そこがリビングとの間をゆったりと仕切っており、視界や音を遮る。

「気に入ったなら、もう一泊してもいい」

二人分のコートをクローゼットに掛けながら、黒澤は言った。

篠口は窓辺に腰かけ、しばらく外を眺めている。

下界の喧噪《けんそう》から離れた眺望の良さは、年の瀬の慌ただしさも、病院の騒々しさとも無縁だ。

眼下の公園からずっと地平線まで続く建物へと目を移し、篠口はふと呟いた。

「あの部屋でずっと波の音を聞きながら、外を見ていました…」

黒澤は窓辺に座った篠口の前のソファーに腰を下ろす。

「どれくらい、ここに閉じこめられるのか、ひと月、ふた月、場合によっては一年、二年、三年…、機嫌を損ねれば殺されるのかとも…」

　ポツポツと話しはじめた篠口に、黒澤は瞬《まばた》きで先を促す。

「殺されるかもっていうのは、終始頭にありました。あと、楽には死ねないだろうというのも…」

「何か言われたのか？」

　篠口は少し考えて口を開く。

「塩素系漂白剤がかたわらにあった時、硫酸やバッテリー液じゃないので、これだとせいぜい失明するぐらいだと…、そのあと、酸《アシッド》アタックについても尋ねられました」

　篠口は表情薄く自分の手を見下ろす。まだ人差し指の可動域は狭く、動きはぎこちない。

　アシッドアタックも示唆とは…、と黒澤はかすかに目を眇《すが》める。

　容貌を潰してやると脅しているに等しい。女はもちろん、男であっても容姿を損なわれて平気な者などいない。失明も含めた皮膚や肉、時には骨まで溶かすほどの想像を絶する痛みと肉体の損壊…。

　仕事柄、人の欲や暗部を覗く機会も多く、自分をそれなりに不敵な人間だと思っているが、この脅しに関しては心底怖気《おぞけ》がした。

　これまでの被害者にも、袴田は酸をかけるような真似《まね》をしてきたのだろうか。

したのかもしれないな…、と黒澤は思った。おそらく、篠口も同じように考えただろう。

　だが、逃げ場のない場所に閉じこめられ、その狂気を直接に突きつけられた当事者である篠口と、今、この安全な場所でその脅迫内容を聞かされている黒澤では、覚えた恐怖の度合いが違う。違いすぎる。

篠口はひと息つくと、口許にぎこちない笑みを作る。

「仕事に復帰したいんですが、調書のことを思うと気が重くて…」

重くなった声のトーンを意図的に上げたのはわかる。

「調書なしでも送検はできる、まぁ、暗黙の了解で『体裁を整えて』っていう形になるが…。あと、被害者特定事項秘匿制度もある」

刑事裁判で被害者の氏名などを伏せて審理できるシステムだ。性犯罪の他にも、被害者等の名誉や社会生活の平穏が著しく害される恐れがあると認められる事件や、あるいは被害者本人やその家族が報復を受ける恐れがある事件などが該当する。

公判の際には遮蔽《しゃへい》板も設けて被害者本人が他の傍聴者から見えないようにする措置や、ビデオリンクによる聴取といった配慮が行われる。

しかし、有名人の袴田の裁判ともなれば、マスコミが殺到することは目に見えている。それを思うだけで、やはり気が塞いだのだろう。篠口は黙り込んだ。

「まぁ、最悪なケースは、袴田との示談成立による不起訴や、被害弁済による大幅な減刑だな。裁判ともなれば、相手側弁護士は間違いなくその線を狙ってくる」

あえて淡々と説明すると、篠口は声を上げて笑った。その声は少しヒステリックに部屋に響く。

「最悪ですね」

笑いのあと、ぽつりと呟く篠口に黒澤は頷いた。

「まぁな」

確かに最悪だ。袴田は社会的制裁を逃れる。場合によっては今後、篠口への責任転嫁も狙ってくるだろう。

むしろ、保身のためには必ずそうする。誘われた、本人も合意の上だった…、などの醜く自己本位な言葉が、さらにどれだけ篠口の傷口を抉《えぐ》るか目に見えるようだ。

だが、最悪だとわかっていても、世間的な好奇の目に耐えられず、示談を選ぶ被害者はそれだけ多い。女性はむろん、男の場合は示談どころか、自分が性的な被害にあったと声すら上げられないことの方が多い。好奇の目、被害者にも落ち度があったのではないかと責める声や、同性の関心を惹《ひ》く男なのだという社会的レッテルなどの、いわゆるセカンドレイプを恐れてのことだ。

袴田への制裁を望みながらも、篠口が怯《ひる》んでいるのもわかる。むしろ、篠口の立場で公判が終わるまで闘志を保ち続けることの方が難しい。それは黒澤が自分の身に置き換えてみてもそうだ。普通なら、自分が袴田に一対一で対峙して負けるとは思わない。だが、それも置かれた環境や条件次第だ。

篠口のように不意打ちで背後からスタンガンや薬物を使われるような状態で拉致されていれば、さらにもっと悪条件で拘束されるようなことがあれば、俺だけは大丈夫だとは言い切れない。

おそらくどんなに屈強で図太い男であっても、間違いなく躊躇《ちゅうちょ》する。むしろ、普段タフで強さを売りにしている男ほど沈黙を選ぶかもしれない。自分の矜持《きょうじ》をすべてなげうち、胆力や精神力を削ってまで得られるものが袴田への社会的制裁でしかないのだとしたら、失うものがあまりにも多すぎる。考えれば考えるほど、恐怖を覚えるだろう。

篠口は目を伏せ、またひとつ大きな溜息をこぼした。そして、しばらく視線を不安定にさまよわせる。

さて…、と黒澤は思考の中に沈んでゆこうとする篠口の前で、あえて首をかしげた。

「今日はどうする？」

「どうするって？」

夕食まで部屋でゆっくりするのだとばかり思っていたのか、篠口はやや呆気《あっけ》にとられたように尋ね返してくる。

「ここ、ジムやプールもあるぞ」

黒澤は立ち上がると、テーブルにリモコンなどと共に置かれたホテル施設案内のファイルをめくる。

「ジムはちょっと…」

外出前は気が塞ぎきってリハビリ室にすら足を向けられなかったという篠口は、いったい何を言い出すのだとばかりに口ごもる。

やむを得ず、理学療法士が部屋に赴いて、その場で可能なリハビリをすませ、年末年始でようやく外泊許可が出たような身だ。今、ダンベルなど持たせれば確実に死にそうだ。ランニングやウォーキングマシン、サイクリングマシンなども無理だろう。

「そうだな、俺もお前がジムでウェイトトレーニングやってたら驚くな」

似合わないし、と黒澤は遠慮なく毒を見せる。

「第一、僕はまだ病院からの外泊中の身ですけど…」

「部屋でゆっくりしててもいい」

黒澤はファイルをチェックしたあと、キャリーバッグから衣類を取り出し、フィットネスジムに向かう用意を調える。

でもな…、と黒澤は途中で男を振り返った。

「同じのんびりゴロゴロするなら、プールサイドにいてもいいんじゃないか？　水着はレンタルできるらしい」

「…今、泳いだら死にますよ」

「それも面白《おもしろ》いな」

黒澤は篠口の力ない声に軽く笑い声を上げ、バスルームに向かうと洗面台でアメニティやタオルをチェックする。

「ホテルのプールなんて、半分はリゾート気分を味わうための設備だろう？　サウナやジェットバスもあるらしい、デッキチェアの上で寝ててもいいから来いよ」

温泉代わりだと促すと、少しだけ気が向いたのか篠口は立ち上がる。

明るい光に自然と惹かれる本能のようなものだろうか。かつて、篠口が同期の浅香翔《しょう》という朗らかでまっすぐな気質の青年に惹かれたように…。

篠口が想い人に惹かれるのは微妙に面白くはなかったものの、浅香の明るさに焦がれ、何くれとなく甘やかそうとするあの時の様子は嫌いではなかったと、黒澤は痩せてしまった篠口の背中を押す。

わずかばかりの抵抗なのか、篠口は持参した読みかけの洋書を手に部屋を出た。

エレベーターで最上階に近いジムのフロアまで上がると、眺望の良さを誇るように壁一面がガラス張りとなっている。

受付嬢からロッカーキーやタオル一式を受け取り、ロッカールームへと向かった。

水着に着替えてガラス張りの高層屋内プールへと足を踏み入れると、眺望のいい分、清潔なプールサイドは非常に快適な空間だった。

大晦日の昼過ぎなせいか誰もおらず、一流ホテルのプールが貸し切り状態なのも贅沢で気分がいい。

乾燥して冷えこむ屋外を考えると、信じられないほどに温かく湿度も高い。ガラスの向こうの冬の陽射しもやわらかく、心地いい。

黒澤は軽くストレッチをした後、さっさとプールの中で泳ぎ出す。表舞台には立てぬ普段の仕事の閉塞感を忘れ、水の中で思い切り伸び伸びと身体を伸ばし、解放感を楽しんだ。

ここのところ、昼間は仕事で夜はずっと病院の寝心地の悪いソファーベッドで寝ていたことを考えると、今は篠口を水際に侍《はべ》らせ、贅沢なフリータイムだ。

水着の上にローブを羽織った篠口は、オーダーしたノンアルコールカクテルをかたわらに、デッキチェアの上で脚を伸ばしていた。

しばらくはＢＧＭの軽快なボサノヴァの中、湿って温かなプールサイドで、ガラスの向こうに広がる景色をぼんやりと眺めている。

温かく明るいプールサイドにいるせいか、少し顔色もいい。外の景色から視線を戻し、いくらか黒澤の泳ぎを眺めているようだったが、やがて本を開いた。

黒澤は何往復か自由な泳ぎを楽しんだあと、篠口のいるプールサイドへと寄っていく。

そして、手許のスペインの旅にまつわるエッセイ集に没頭している男の爪先に、パシャリと水を飛ばした。

「なぁ」

プールの縁に腕を引っかけ、濡れた髪をかき上げながら、黒澤は顔を上げた男を悪戯っぽく水の中から見上げる。

「こっち来いよ」

何を言っているのかと言わんばかりに篠口は肩をすくめ、本へと視線を戻した。

「なぁってば」

さらに足の甲を狙って、水をかけてやる。

小学生男子じゃあるまいし…と、篠口は呆《あき》れ顔を見せた。

「だから、今泳いだら死にますって」

本へと目を戻す男に、再び今度は足首の上あたりを狙ってさっきよりも派手にバシャリと水をかけた。

「泳げなんて言ってない、少し身体を伸ばすだけだ。筋肉落とすと辛いぞ」

篠口は眉を寄せる。

筋肉を落とすと辛いという黒澤の言葉自体は間違っていない。リハビリすら満足にできていない現状は、篠口自身がよく知っているはずだ。

デッキチェアの上に身を起こした篠口は、本来は黒澤の前では口にしたくないだろう気弱な言葉を吐いた。

「水中でのウォーキングも多分、できないと思いますが…」

「それもわかってる。でも、海外の金持ち向け高級リハビリ施設だと、プールあるのも知ってるだろ？　手伝ってやるから、水の中で身体ほぐしとけ。寝つきもよくなるぞ」

篠口はしばらく迷った様子を見せたが、結局立ち上がり、溜息まじりにローブを脱ぐ。

渋ったところで、何度でも水をかけられそうなので、諦めたという雰囲気だった。

「何だ、それ。孵化《ふか》したてのヒヨコみたいだな」

黒澤は筋量が落ち、今は肩や肋骨《ろっこつ》の骨も浮き出て目立つ篠口を指差し、声を上げて笑った。

「いや、羽化したばかりの蝶《ちょう》や蟬《せみ》みたいな感じか。白くて、ヒヨッヒヨ…」

髪や目の色も含めて全体的に色素は薄い男だが、元はそれなりに上背もある。身体も長身に見合って絞られ均整が取れていたのに、今はただただ頼りない。

篠口は無言の抗議なのか、プールサイドに腰を下ろし、黒澤の前で黙って脚を水に浸ける。

少し高めの水温に、寄っていた篠口の眉根も解ける。

だが、水に浸かった脚は細く生白く、篠口の消耗ぶりが見てとれた。救出された際、足首には拘束ベルトに擦《こす》れた痕《あと》があった。足首に海外の精神病棟で使用されるような頑丈な革の拘束ベルトを用い、太い鎖で柱に繋いであったのだという。海への逃亡や投身自殺も許さぬ袴田の周到さに吐き気がする。

水のやわらかな温かさにやや放心しているのか、篠口はしばらくじっとその青白い脚を見ている。

「大丈夫だ、仕事に戻って普通に出歩くようになれば、ちゃんと戻る」

黒澤は毒を引っ込め、篠口の踵《かかと》を片方、水中でそっと捉える。

「伸ばしてみろ」

爪先を伸ばすように促し、踵を中心にゆっくりと無理のない力で、足先から足首にかけてを水中でまわしてやる。

「泳ぎはできるんだろ？」

続いてもう片方の足首を捉え、黒澤は同じようにまわしながら尋ねた。

「まぁ、人並み程度には…、もう何年も泳いでませんけど」

「泳ぎ方や水の中での浮き方っていうのは、基本的に自転車の乗り方と一緒で一度身につけたら忘れないものだ。とりあえず、仰向《あおむ》けに浮いてみろ」

促すと、篠口は力のない目を向けてきた。

「…死にますって」

「面白いな、お前」

口ほどの悲壮感のない様子に、黒澤はぐいと篠口の両腕を引く。

逆らうほどの力もないのか、篠口はどぷりと水に沈んだ。その両腕をつかみあげ、水の中へと立たせる。

一般的なプールよりも少し深めだが、首から上は十分に出る。

髪までずぶ濡れになった篠口は、非難まじりの目で黒澤を睨《にら》む。

「水際で寝てていいって言ったじゃないですか！」

「お前、珍しく俺の言ったことをまともに受け取ったのか？」

こういう男だったと、篠口は顔を逸《そ》らす。

「浮くだけだ、その身体見れば、お前の限界はわかるよ」

限界ギリギリまで引っ張りまわすのかと、篠口は逆らう気もなくしたのか、諦めて力を抜いた。

そんな篠口の身体を、黒澤はやわらかく支える。

「死に水は取ってやる。こんなところで、死なせない」

冗談めかして笑うと、篠口は自分を仰向けに支える黒澤の手におとなしく身を任せながら、苦く呟いた。

「…だったら、もっと早く…」

監禁時の恐怖と絶望と闇とが蘇ったのか、引き攣った呼吸が喉から洩れた。

黒澤はそんな篠口の頭をふわりと腕で抱えてやる。

「悪かったな」

安易な軽口を謝ると、篠口はふっと我に返ったようだった。

色素の薄い瞳が、明るく高い天井を見上げる。湿度を含んだ生温かい空気、やわらかく身体を包む水、篠口の背を支えながら首を抱いた黒澤の腕、ゆるい水音の合間にのどかなボサノヴァが流れる空間…、それらを意識したのだろう。篠口は目を閉ざす。

黒澤はそんな篠口のかたわらから横へとまわり込み、首の後ろと背中をやわらかく支え直してやった。

やがて、篠口が身体の力を抜き、黒澤の支える腕へと身を任せてくるのがわかる。

「…ずっと、波の音ばかり身体の奥に響いていて…」

篠口はプールの水音に紛れそうな小さな声で呟いた。

「波の音？」

「部屋が、海の上に張り出す形に作ってあったので…」

ああ…、黒澤が低く呟く。

篠口の監禁されていた部屋は、袴田の別荘の母屋から渡り廊下と繋がった、海の岩場の上に張り出すような形で作られた離れだった。別荘としては非常に凝って趣深い造りなのだろうが、篠口にとっては悪夢のような檻《おり》だ。

「同じ海でも、モルジブの海なんて悪くないと思うがな」

黒澤の軽口に、篠口は小さく笑う。

同じ波音ならば、逃げようのない場所で耳に焼きつけられた磯《いそ》の激しく打ちつける音よりも、穏やかな南の海の波音の方が好ましいだろう。

篠口を水に浮かせたまま、黒澤はそっと片手を目の上にかざす。

「何？」

目の上を覆われた篠口は、黒澤の手の下で何度か瞬きを繰り返す。

「少し目を閉じてみろ、身体にまだ力が入ってるんだ。水は怖いものじゃない」

声のトーンを甘くやわらげた黒澤に、篠口がおとなしく目を閉ざしたのがわかる。

「水は別に…」

「海もだ、悪くない…」

ゆっくりと穏やかな調子で、篠口の記憶に刷り込まれた恐怖を塗り替えるためにそっとささやいてやる。

ＰＴＳＤの治療でも用いられる、精神的負荷を削減するためのイメージのすり替えだ。カウンセリングに力を入れるアメリカではよく使用されるが、日本ではまだほとんど行われていない。

「このプールはいいな、温かくて…」

黒澤は小さく笑った。

イメージをすり替えようという男の意図はわかったのだろう、篠口は黒澤の声にじっと耳を傾けている。

「水も海も、温かく身を包み、守ってくれるものだろ？」

一度ではなく、何度も根気よく続けなければならない高度治療だが、時間をかけた攻略は嫌いではない。

「そうですね」

篠口は小さく呟く。

「モルジブですか…、行ったことないな…」

篠口がこれから先も引きずるだろう、とてつもなく厄介で面倒な事件の傷痕も、これからは誰にも邪魔させずに少しずつ消してゆくつもりだ。篠口が失ってしまった、浅香の輝きも含めて…。

「俺もないな」

まだ力が入っている、と背中をそっと押し上げながら黒澤は笑う。

「いつか行ってもいい。飯はそうだな…」

のんびりとした音楽に紛れるように、頭の上で黒澤はそっとささやく。

「きっとココナッツと魚と炭水化物、あとはカレーだな。青い海に浮かんだヴィラの上で、たっぷりの果物と一緒に食べるんだ。青い、どこまでも青い海と空だ…。塩気を含んだ風に、髪が揺れて…、泳ぎ疲れたら怠惰に横になる…」

　黒澤の腕に身を預けた篠口は、その状況を目の裏になぞっているようだった。


　生温《なまぬる》い水の上にただぼんやりと浮かされ安心したのか、篠口はそれからしばらくうとうとしていた。

　やがて、黒澤はその身をゆるく起こしてやる。

「なぁ、そろそろジェットバスから夕日を見るのにいい頃合いだ」

　夕日と言われ、篠口はもうそんな時間なのかと少し慌てた様子でガラス張りの壁へと目を向ける。

　年末の日暮れの早さで、すでに陽射しは大きく傾き、日の入りともいえる空の色となっていた。

　黒澤はジェットバスから夕暮れを見るのだと、篠口の腕を引いてプールを出る。やむなく身を沈めた様子のジェットバスだったが、プールと違った温かさとジェット水流が心地いいようで、篠口はシャンプー中の犬のようにうっとりと目を細めた。

　ただ、体力が回復しきっていない今は、その温かさに長い間は浸かっていられないようなので、日の沈む前にプールサイドを離れる。

　最後にシャワーを浴びた黒澤はロッカールームのキーを手に、夕飯はモダンフレンチか、ニューヨークスタイルのオープンキッチンが売りのグリル、あるいは隣の商業施設に入るイタリアンにするかと、篠口にホテル内のレストランを挙げる。

そして、受付でかたわらに掲示されたメニューへとふと目を留め、受付嬢に尋ねた。

「スパの方は空いてますか？　空きがあるなら、頼みたいんですが」

黒澤さん、と篠口が呼びかけてくる。

「本気ですか？」

「マッサージ、悪くないぞ。今年の疲れは今年中に取っておけ」

十分後には入れるという返答に、二人分で…、と黒澤は勝手にリラックスオイルで全身をほぐすマッサージのコースを頼む。

「…オヤジの風俗感覚で頼んでいるんじゃないですよね？」

憎たらしい口を叩く男を、黒澤は横目に見た。

「ヘッドスパもつけとくか？」

尋ねてやると、いえ…、と篠口は首を横に振った。

「夕食前に身体をほぐして、いい飯食って、いい年迎えたいだろ？」

「はぁ…」

公安にいた頃から、多少強引でも黒澤のペースに巻き込んでしまうと篠口は諦めたようについてきた。むしろ今は病室を離れたこともあり、多少は強引に引っ張ってやった方が、篠口も事件に思考が戻らず、頭の中や予定が埋まっていいはずだった。

「ほら、行け行け、リラックスしてこい」

迎えにきた上品な笑みを持つ女性スタッフの前で背中を押してやると、篠口は黒澤と別れて個室へと入る。

黒澤自身も、背中や首筋、目許を蒸しタオルで温められ、プロの手で全身を揉みほぐされると浮き世離れした極楽気分を味わうことができた。

最後に蒸しタオルで丹念にオイルを拭ってもらい、部屋を出ると篠口が少しぼうっとしたような珍しい表情で出てくる。この男には珍しく、マッサージ中に寝落ちでもしたようだった。

「どうだった？」

「途中で気が遠くなって…」

「俺もだ。最初の十分ぐらいで寝落ちしたな。身体は軽くなってるから、多分、手は抜かれてないと思うんだが…」

軽口と共に右肩を大きくまわすと、篠口は髪をかき上げる。

「やっぱり、ヘッドスパもつけておけばよかったかな」

どうせなら…、と今になって欲も出てきたらしい。

「だから、言ったじゃないか」

また来ようと声をかけると、篠口は面映ゆそうな顔を作った。

そして、ふっと笑う。

「病院に戻りたくなくなった」

「だよな、よく真面目にあんなとこに入ってるよ、お前」

黒澤の言いように、篠口はさらにおかしそうに肩を震わせる。

心底リラックスしたように声を上げて笑う篠口を見るのは本当に久しぶりで、それだけで贅沢した分の価値はあったと黒澤も微笑んだ。

Ⅶ

翌朝、篠口は明るい陽射しの中で驚いて目を覚ました。

すでに隣のベッドは空いている。

黒澤は隣室でテレビでも見ているのか、オーケストラ音楽が聞こえてくる。

昨日、マッサージのあと、グリルでアラカルト料理を食べ、八時過ぎに部屋に戻ったはずだが、歯を磨いてその後の記憶がさっぱりない。

プールで体力を使い、マッサージを受けてそのまま食後は夢も見ないほどぐっすり眠ってしまったらしい。それすらも黒澤の意図通りなのかと、篠口はぼんやりとベッドの上で考える。

聞こえてくる音楽はニューイヤーコンサートなのか、それとも時差の関係でジルベスターコンサートなのか。そもそもクラシック音楽を聴くような男だとは知らなかったが…、と篠口が隣室に顔を出すと、黒澤は平然と手を振ってよこした。

「年明けだ。おめでとう、今年もよろしくな」

「…おめでとうございます」

今年もよろしくと言ったものか迷ったところで、黒澤は立ち上がる。

「早く着替えろ。下の和食レストランに予約を入れてるが、そろそろ時間だ」

「何時です？」

「予約は九時だな、起きないなら起こそうと思ってたところだ」

時計を振り返ると、八時半をまわっている。

篠口は慌ててバスルームへと向かった。

正月らしく華やかな琴の音が流れる和食レストランで、スタッフの年始の挨拶を受けながら正月ならではのおせちメニューとサービスの雑煮の提供を受け、正直、もう昼食はいらないというほどに端整な和食を堪能する。

黒澤が手配した十二時のレイトチェックアウトまで部屋でひと息ついている時、篠口はふと思いついて尋ねた。

「クラシックって聴かれるんですね」

「クラシック？」

「さっきの…ニューイヤーコンサートですか？」

「ああ、クラシックっていうか、オーケストラの動きを見てた。演奏しているメンバーっていうのかな。同じ指揮者の下で、同じパートでも表情や動きが違うだろ？」

　いかにも黒澤らしい見方だと篠口は苦笑する。基本的に人の観察が好きな男なのかもしれない。

　部屋を出ると、男は篠口に荷物を任せて先に清算をしてしまう。

　篠口は財布を懐にしまう男に声をかけた。

「僕の分の支払いを…」

「またな」

　黒澤は薄く笑うと、キャリーを引いてエントランスへと向かう。この分だと支払わせる気などさらさらないのだろうと、篠口は慌ててその背を追った。

　ドアマンにタクシーを頼む男に、篠口は続けて言う。

「困ります、あんな高い部屋…」

「だって、お前、今、そこまで持ち合わせないだろう？」

「すぐにおろしますから」

　確かに退院したばかりでそこまで大金は財布には入れていないが、コンビニのＡＴＭでもすぐにおろせる。

　躾《しつけ》の行き届いたドアマンが待機しているタクシーをきれいな仕種《しぐさ》で二人の前へ移動させ、開いたドアに手を添えて待つ。

「美味い和食がいいな」

キャリーバッグをドアマンに任せ、タクシーに乗り込みながら黒澤は横顔で言った。

「和食？」

黒澤の隣に乗り込みながら、篠口は尋ね返す。

「ああ、お前が退院したら、お前の奢《おご》りで飯を食う。それでいいだろ？」

外食の約束を取りつけられているのだろうが、今、現金の持ち合わせがない上、さらには出したとしても簡単には男が受け取らないことが目に見えている以上、承諾するしかないのかと篠口は微妙に口ごもる。

「…じゃあ、それで…」

あいかわらず、巧みにこちらの手を封じてくる。

黒澤はわずかに目を細めて頷くと、運転手に行き先を告げた。


篠口が初めて訪れた黒澤のマンションは、確かに篠口の部屋からも近い場所だった。四階建ての低層マンションはそれなりに新しい。モダンなエントランスはセキュリティもしっかりしており、ロビーもエレベーター内も広い。

だが、男に連れられて、いざ部屋へと足を踏み入れてみると、驚くほどに殺風景だった。

「遠慮するな。普段、寝に帰るだけだから何もないけどな」

黒澤は事前にそう言って玄関の鍵を開けたが、謙遜でも何でもない事実だった。

リビングには何もない。かろうじてテーブルとその上に仕事に使っているらしきノートパソコン、キッチンカウンターの向こうに冷蔵庫があるぐらいで、他にはテレビやソファーなどといった家具や家電らしきものは何も置かれていない。

引っ越しで荷物のほとんどを運び出したあとのような印象のガラリとした部屋だった。

カーテンだけはちゃんとオーダーで作ってあるらしく、それなりに質のよさそうなものがイレギュラーな形状のバルコニー窓にぴったりと収まっているのが逆にシュールだ。そのせいでよけいに、荷物のほとんどを運び出したあとのように見えるのかもしれない。

だが、窓は大きく明るい部屋だった。

「日当たりがいい…」

篠口は呟いた。

不思議だが、第一印象のがらりとしているということよりも、明るい空間だというのがこの部屋から受けるポジティブな印象だった。

幹線道路から二筋ほど入った住宅地内のマンションで、三階角部屋にある部屋は南向きなせいか、ともかく明るい。昼下がりの時間帯のせいか、部屋の構造なのか、あるいは今日の天気のせいなのか、窓が大きいと思っていた今の病院の部屋よりも明るい。

こんな明るい部屋に、この男が住むこと自体が予想外だった。

普段、黒澤はそのスーツの色味のせいか、公安に所属しているせいか、それとも夜に会うことがほとんどのせいなのか、常に暗色をまとっている印象がある。

そこまで考え、篠口はレースのカーテンがないことに気づく。開け放ってあるわけではなく、レースのカーテンそのものが取りつけられていない。

海外では珍しいことではないが、日本でこういったオーダーカーテンを作る場合はたいていセットだろう。

「お前はこれくらい明るい部屋の方がいいよ」

明るい部屋だという自覚はあるらしく、黒澤はあっさり肯定する。

「レースカーテンはつけないんですか？」

「汚れたから処分した」

本当かどうかわからない応えだが、この男のことなので、洗うのも面倒で処分してそのままということはありそうだ。

窓の外には下に植わった街路樹の枝が少し見えるが、その先は民家の屋根が並び、視界を遮るものもない。ずいぶん好条件の部屋だった。

「本当に何もないんですね…」

ものがなさすぎて生活感もないと窓辺に寄って呟く篠口に、黒澤は小さく笑う。

「確かに二ＬＤＫも必要ないな」

ワンルームでも十分だという黒澤の口ぶりから、どうやら別れた妻が出ていったというのは比喩でもなんでもないのだろうかと篠口は思った。妻が家具をほとんど運び出したあとというのなら、納得もできる。それをそのままにしているのも、趣味が悪いのか、単に住環境に興味がないのか。

だが、結婚に失敗した男の部屋らしいなとは思う。黒澤の過去については、篠口はほとんど知らないが…。

黒澤という男は、それなりにつきあいも長いのによくわからない。部屋を見て、ますますわからなくなった。

「一応、寝室はこっちだ。あと、水回りな」

招く黒澤に篠口は従う。

リビングにも何もないが、寝室の隣の部屋もがらりと広く、ただマルチポジションベンチとダンベルが転がっているだけだった。

余った部屋の使いようがないから、体幹を締める道具を置いてみた程度に見える。

「これは？」

「筋肉落とさないように、たまに使ってる。今の仕事だと、訓練に参加できるわけでもないしな」

いつもきれいに腕や背中が引き締まっていると思っていたが、確かに公安でもデスクワーク三昧の理事官ともなると、一般的な術科訓練などからも遠ざかるだろう。

別に理事官ならそれでもいいはずだが、以前、篠口が体力がないと揶揄されたことを思うと、身体を鈍らせないことは基本的なポリシーなのかもしれない。

この男なら、過度に筋肉作りに励むこともなく、淡々とストレッチ感覚のルーチンワークとしてこなしていそうだ。

一日の大半を職場で過ごしているせいか、本当に寝起きに必要最小限なものしか置いていない。

逆に無駄をいっさい省いたこんな部屋に住んでいるくせに、よく病室にあのツリーやトナカイのオブジェを選ぶ感性を持ち合わせていたものだと不思議にも思った。

それとも、人の思考や好み、動きなどは簡単に見通す男なので、相手が落ち着く環境、ほっと気を抜く対象などを容易に察することなど、朝飯前なのだろうか。

ならば、自分の妻だった相手の望むものも、出てゆく前に簡単に用意できそうなものだ。それすらも汚れたカーテンのようにあっさり切り捨てたのか、別れた妻への未練もひとり暮らしの侘《わび》しさすらも感じられない無機的な部屋だ。

黒澤のそういった、不要なものは何の未練もなく切り捨ててしまうようなところが、篠口には時々恐ろしい。

案内された浴室で見かけたシャンプーなども、ドラッグストアやスーパーでよく見かける一般的な商品なのに、普通はそれに伴うはずのありきたりな生活臭がない。

篠口はあらためて男の顔をまじまじと眺める。

黒澤は普段から、髪型や雰囲気、声のトーンなどを、整ってはいるが、それ以外の際立った特徴を人に覚えられないように、あえて作っているのだろうと思っていた。部屋も、どこかそれに通じるものがある気がする。

「何だ？」

黒澤は少し笑った。

お茶でも用意してくれるつもりらしく、男はキッチンカウンターの内側で湯を沸かしはじめる。

家電がないと思ったが、キッチンカウンターの内側には電気ケトルと電子レンジがかろうじてあった。

ウィークリーマンションやビジネスホテルに近い感覚で使っているのかもしれないが、分譲マンションの間取り分だけ、広さが余る。

「夜は鍋でいいか？」

ティーバッグで淹れたらしく、玄米茶の入ったマグをテーブルの上に置きながら、黒澤は尋ねた。

「はい」

希望はないが、作りたての温かいものが食べられるのならありがたいと篠口は頷く。あまり外に出たい気分ではないが、年末年始をつきあわせておいて勝手を言うつもりもない。

「じゃあ、買い出しに行ってくるから、部屋の中のものは好きに使え」

「…黒澤さんが？」

てっきり外食の話だと思っていた篠口は驚く。

「買い物ぐらいはできる。具材の希望はあるか？」

「あっさりしていれば特には…」

庖丁すら置いていなさそうな部屋だが、鍋ぐらいは作れるだろうかと勝手のわからないキッチンの方を振り返った篠口に、黒澤はつけ加えた。

「用意も俺の方でする」

「黒澤さんがですか？」

それこそ買い出しついでにキッチンバサミでも買ってきてもらおうかと思っていた篠口は、目を丸くする。

「好んでやらないだけで、鍋の用意ぐらいはできる。もちろん、お前の作ったものの方が手が込んでるし、美味いだろうがな」

半信半疑の目で見た篠口に、黒澤はマグカップを手に面倒そうに答えた。

「外泊許可が下りたばかりの人間に、飯作れなんてさすがに言わないよ」

「はぁ…」

それこそありがたい話なのだろうが、これまで食事を作れるとは思ってもみなかった男の申し出に、篠口は言葉を失う。

できないことは、できるとは言わない男だ。手先が器用なことも知っている。病院で洋梨を剝いた時には、そのよどみない手つきに驚いたものの、持ち前の器用さを考えれば当たり前のようにも思った。

ただ、料理は経験値もあるので、篠口が知らなかっただけでそれなりのものは作れるのだろう。

「疲れたなら、夕飯まで寝てていいぞ」

「寝る？」

「寝室を使え。他人のベッドで寝られないタイプか？」

「…いえ」

実際には人のベッドであまり寝起きしたことがない上、昼日中から他人の家で寝た経験もない。

「シーツは換えておいた。本棚も寝室だ、興味があるなら適当に物色していい」

なるほどソファーもない以上、本を読むならそこでいいのかと、篠口は思い直す。内面の今ひとつ知れない男の本棚を、一度、覗いてみたくもあった。

「じゃあ、本をお借りしてもいいですか？」

「いいよ、部屋の中のものは好きにしていい」

はぁ…、と篠口は再び口ごもる。

「テレビなら、そこのパソコンで見られるようになってる」

黒澤は顎先でノートパソコンを示す。

テレビもないと思ったが、内蔵型のパソコンらしい。見た目はシンプルだが、スペックは高そうだ。

仕事で使うこともあるだろうに、篠口に触らせても平気なのだろうか。それとも、汎用アカウントを使ってということか。

「いえ、テレビは今は…」

否定はしたものの、黒澤はノートパソコンの電源だけ入れてさっさと立ち上がる。

「すぐに戻る。何かいるものがあるなら一緒に買ってくるが…」

すぐに戻るというなら、三十分程度で戻ってくるのだろう。

「特には…」

「わかった、適当にくつろいどけ」

玄関に向かう黒澤を見送った篠口は、やや好奇心もあって男の寝室に入る。

さっき、入り口からちらりと覗いただけだったので、本棚があるとは思わなかった。

ベッドサイズはおそらく、篠口の部屋と同じダブルだ。かなりゆったりしている。

グレーのトーンでまとめられたベッドまわりには、サイドテーブルと読書灯代わりらしいシンプルなテーブルランプ、デジタルの目覚まし時計があるだけだった。

ただ、さっきドアの陰になって見えなかった本棚は二架あり、思っていた以上の本が並んでいる。入りきらない本は床に積まれており、黒澤なりに整理はされているのだろうがやや乱雑な印象で、それは少し意外だった。

並んだ本のジャンルは広範囲にわたり、仕事関係の本はほとんど見あたらず、写真集や雑誌、古典、詩集、小説もあれば、高度な物理学、工学などの本も一貫性なく並んでおり、その雑多な内容に篠口の方が軽く混乱する。

普通はもう少し手持ちの本に傾向など見られそうだが…、と篠口は難解すぎて理解できない宇宙工学の本を棚に戻したあと、熱帯の動植物を撮った海外の写真集を眺めて、その原色に近い色合いに疲れ、東欧《とうおう》の景色や街並みを写した海外の写真集を手に取ってベッドの上でめくった。

チェコかハンガリーあたりだと思うが、現地の言葉が読めないことが、今は逆に言葉の通じない東欧に置かれているようでほっとした。

篠口は安全の保証された黒澤のテリトリーの中で、同じように本棚に並んだ本を自由に手に取ることのできた、袴田に監禁された海辺の部屋を自分でも恐る恐る思い起こす。

主導権を握れないかと焦り、袴田を挑発したのは篠口だ。一挙手一投足を舐めるように見られたり、不意打ちで殴られたりするのが嫌で、少しでも袴田を懐柔できないかと考えた。

そもそも黒澤にも袴田の講座を受講しているとは、まったく伝えていなかった。

何も手掛かりのない捜査から、いち早く袴田に辿《たど》り着けるよう、陰であらゆる手段を駆使したのは間違いなく黒澤だ。

助けてやるという約束を、この男はちゃんと守っている。あの事件の責任を黒澤に求めるのは過ちだ。そこまで責任転嫁したくないし、この男に甘えたくもない。

少なくとも、この男は自分を守ろうとしている。それも他人には真似《まね》できぬほどの強く確固たる力で…。

篠口は再びほっと小さく息をつく。

ここしばらく感じたことのない安堵と共に、牧草地帯や城、まるで中世のような街の様子などを見ていると、玄関が開いて男が戻ってきた気配がする。あまりに戻りが早いのではないかと時計に目をやると、二十分とかかっていなかった。

「戻った」

スーパーのビニール袋を手に寝室に顔を出した男に、篠口はお帰りなさいと声をかける。

「早いですね」

「必要なものしか買ってないからな」

本当にいると思ったものしか買っていないらしき口ぶりだった。

「何か手伝いましょうか？」

「いや、メールチェックもするし、いくつかデータ確認もある。ゆっくりしとけ」

男は部屋のエアコンだけ操作すると、仕事があるのか、あいかわらずのペースでさっさと行ってしまう。

寝ていてもいい、好きに使っていいという相手にあまり遠慮をするのもどうかと、篠口はエアコンが暖気を吐き出した部屋で写真集を抱えると、いつも黒澤が勝手に篠口の寝室でしているようにベッドの上に身を投げ出した。

部屋も本棚も、これまで知らなかった黒澤の内側に触れたような気がする。それとも、ますますつかみどころがなくなったというべきなのか。

あまり馴染みのない東欧料理や素朴な菓子の並んだケーキ店のウィンドウ、細部まで意匠の凝らされたパステルカラーの美しい建物が並ぶ場所に、いつか行ってみたいと思いながらぼんやり眺めていると、いつのまにかうとうとしていた。

はっと気がつくと、肩の上に黒澤のコートが広げられている。篠口が掛け布団の上に横たわったまま寝ていたので、その上にコートを着せかけたらしい。

気づくとすでに外は薄暗く、開け放ったドアからはキッチンの水音がしてくる。

退院した日もそうだったが、以前とは裏腹に、本当にこの男の気配の横ではいつのまにか眠ってしまっている自分を感じる。今は体力が落ちているせいもあるのだろうが、基本は黒澤がいると安心だという気のゆるみによるものだ。

そして…、と篠口はキッチンから聞こえる音に意識を向ける。

篠口の部屋で夕飯を用意してやると言ってトーストを焼いただけだった男が、本当にキッチンに立っているのだろうかと半ばは疑い、半ばは恐れながらダイニングに向かうと、カウンターの向こうでちらりと黒澤がこちらを見た。

「起きたか？　ちょうどいい。鍋も用意できた」

「本当に…？」

さすがにそれは失礼かと、篠口が呑み込んだ言葉の先を勘よくさっさと察したのか、男はニッと笑った。

「鍋は料理のうちに入らないだろ？」

「いえ、でも…」

口ごもった篠口は、そっとカウンターの向こうを覗いてみたが、黒澤は火にかけた両手鍋に手際よく切り分けた具材を入れてゆく。

庖丁すらなさそうだと思っていたキッチンだが、一応、庖丁やまな板などはあるようだった。

「煮えるまで少しかかる。普通の鶏《とり》鍋にしたぞ。〆《しめ》はうどんな」

「調味料もあったんですね…」

「いや、ないから市販の鍋つゆを買ってきた。それなら、うどんまでいけるだろ？」

「ああ、なるほど…」

黒澤らしい合理的な選択だ。買い物に行くと言った時点で、すでに鍋つゆから〆のうどんまで決まっていたのだろう。帰ってくるのも早いはずだ。

「座ってていい」

テーブルにはすでにグラスや取り分け用の小鉢があったが、箸は割り箸だった。洗いものを極力避けるためだろうかと思いながら、篠口は席に着く。

仕事というのは本当だったらしく、いくつかのファイルやタブレット、もともとテーブルに置かれていたノートパソコンとは別の、黒澤が病院にも持ち込んでいたノートパソコンがテーブルの端にざっと重ねられていた。

公安にいた際は、黒澤が同時にいくつものモニターをチェックするのを見ていたので、違和感はない。どういう頭の使い方をするのかは知らないが、複数の厄介な問題を同時並行で処理ができる男だ。

少し大きめのノートパソコンのモニターは、中東での飛行機墜落事故のニュースを流している。テレビとして使えると言ったのは本当だったらしい。音量は絞ってあり、座ってそちらに意識を向ければ聞き取れる程度だった。

ニュースらしいニュースをまともに見たのは久しぶりかもしれない…、と篠口はモニターに目を向ける。そもそも入院中は、テレビ自体を見ていなかった。

市街地に飛行機が突っ込んだ事故はかなりの犠牲者を出しており、飛行機が炎上するのを建物の窓から映した様子や、瓦礫《がれき》の中から血と煙で汚れた怪我人を救助する救急隊の映像が流れる。

篠口は無意識のうちに眉を寄せる。

久しぶりに見る事故映像は、やはり衝撃的で生々しい。ずっとテレビを見ていなかったのも、こんな強烈な刺激を意識的に遠ざけていたためだ。

中東からの特派員のリポートが終わると、スタジオ内に映像が切り替わる。

『続きまして…、昨年十一月に知人男性を拉致監禁した容疑で逮捕され、大きく話題となり、現在も留置中の袴田泰西容疑者について、お伝えします』

いきなり切り替わった不意打ちのニュースに、篠口は硬直した。

別番組の中で、落ち着いた表情とあの魅惑的ともいえる穏やかな低音で語る袴田の映像と、続いて留置場に連れられる際の、頭から係員のコートを深くかぶせられた男の映像が映る。

『新たに現場から、知人男性のものとは別の血痕が見つかったとの情報が年末にありました』

篠口の知らされていない事実と共に、海辺の別荘を上空から映した映像が流れる。自分が閉じこめられていたあの部屋を、上から俯瞰《ふかん》して眺めるのは初めてだった。

篠口は身動きできず、ただただ、入り江に張り出すような形で建てられた特殊な建物を見る。

母屋から一段下がった、渡り廊下でつながる離れの窓には、自分が絶望を覚えた、あの頑丈な鉄格子がはまっているのが見てとれる。

『…この事件についての詳細はまだ明らかになっていませんが、袴田容疑者が被害男性をどうして拉致監禁に及んだのか、また、知人男性は暴行を受けて現在も入院中とのことですが、監禁暴行に至るまでの袴田容疑者と男性との特殊な関係性などについて、今日は犯罪心理学が専門のH大、町田《まちだ》教授に解説していただきます』

キャスターが町田教授と呼びかけると、犯罪心理学でそれなりに知られた細面の眼鏡の教授が、スタジオと繋がれたモニター画面の中で会釈した。

『普段から非常に落ち着いた語り口で哲学をわかりやすく説明する、世間的にも文化人として有名だった袴田容疑者ですが、過去にやはり容疑者のお気に入りだった男子学生が何人か失踪したことがあると最近になって取りざたされはじめました。この新しく見つかった血痕は、それら男子学生のものでしょうか？』

『警察発表では、まだ確認されていないとのことですね』

『解析待ちということですか？』

『そうですね』

　解説教授は淡々と肯定する。

『失踪したのが女子学生ではなく、男子学生ばかりだったとのことで、袴田容疑者が捜査線上に浮かぶのが遅れたとのことですが…』

『そうですね、なかなかこういった同性による性被害というのは声を上げにくいので、泣き寝入りという形で黙ってしまう被害者が多いです。それに加えて、少し前までは同性に対しての性犯罪は強姦罪というのが成立せず、あくまでも強制猥褻《わいせつ》罪、あるいは単なる傷害罪としかならなかったので、発覚しにくいという背景があったと思います。たとえばこれが容疑者からのセクシャルハラスメントであっても、対象が男子学生であれば周囲はパワーハラスメントと捉えやすい。また、これまでの話ではいずれもお気に入りの学生であったとの証言もありますので、まわりからはパワーハラスメントとしてすらも捉えられていなかった可能性はあります』

　篠口は袴田に何度か声をかけられた際、実際、自分がそう認識していたことを思い出す。一度は袴田の性的関心が自分に向いているのかと思いかけたのを、あの時、お気に入りの生徒の範疇《はんちゅう》なのだと意識をすり替えてしまった。

　最初に本能的な警戒を覚えたにもかかわらず、自分はごく一般的な観念から目を塞いでしまったのだと、篠口は目を伏せる。

『今回の被害男性は三十代であったとのことですが…』

『ええ、そのため世間一般で考える学生との認識とは違いますね』

『どうでしょうか？　いわゆるパートナー関係だった可能性はありますか？』

『そのあたりはまだ具体的な供述や警察発表がないとのことですから、わかりません』

　違う！…、と篠口は大きく声を上げそうになった。

　パートナーなどではない。いきなり一方的に拉致されて、あそこに監禁された。なのに、世間的にはそんな見方をされてしまうのかと、篠口は愕然《がくぜん》とする。

　それでも、自分にはそれを周囲に対して否定する術《すべ》がない。潔白なのだと示す方法がない。まったく知らない第三者だけではなく、篠口が被害者であると知る同僚らに対してもだ。

　それだけで身の毛もよだつような話だった。

『なるほど…、では逆にパートナー関係であれば、袴田教授はドメスティックバイオレンスの傾向を持っていたことになりますか？』

『確かにパートナー関係であれば、ドメスティックという話になるかもしれません。しかし、今回は監禁された被害男性との関係性がわかっていないために詳細は不明です。金銭関係のこじれや、その他の怨恨といった可能性などもあります』

まったく仮定の話を元に勝手に外部から推測される事件に、篠口は全身の血が引いていく気がした。

違う、違う、違う…、と篠口はただニュースの画面を前に、何度も胸の内で否定する。

『それでしたら、袴田容疑者の全面的な黙秘というのは少し不思議な気もしますが…』

『袴田さん、…いえ、袴田容疑者ですが、この方は非常に頭がよく、博識なことで世間的に有名ですし、事実、そうなんでしょうが、逆に喋《しゃべ》ることが自分に不利になるとしたら、最後まで黙秘という選択もあるかもしれません』

ただ、そうですね…、と解説教授は少し頭をひねった。

『比較的人前で話すことに長《た》けた方だったので、まったくの黙秘というのはやはり何らかの理由があるでしょうね』

キャスターはその話を継ぐ。

『袴田容疑者は知性と温厚さなどを合わせ持った、「上司にしたい」、あるいは「家庭における理想の父親像」というランキングでは必ず上位に入ってくる文化人でしたが、その容疑者が知人男性を監禁して暴行したという恐ろしい二面性が、今回の事件では世間的にも大きな衝撃を与えましたね』

『むろん、世間的なイメージというのはあるでしょうが、知的水準が高い男性、普段は穏やかで紳士的に振る舞う信用の厚い男性というのが、家庭内、あるいは所属する閉鎖コミュニティ内では強権的、暴力的な顔を見せるというのは、実際には少ない例ではありません。むしろ、昨今話題になっているカトリック教会の性的虐待事件などのように、被害者達が声を上げて表面化したのはつい最近ですが、まさかこの人が…と思われるような人間が陰で性犯罪や虐待を行っている事例は、昔から多いともいえます』

『実は多いと…。今回の被害男性も、いまだ入院を余儀なくされるほどの重症であったとのことですが、そこまでボロボロになるほど相手を傷つけることによって得られるものというのは何ですか？　容疑者自身にも制止できない暴力性によるものですか？』

いえ…、と解説教授は否定する。

『もっと抑制の利かない、理性の歯止めが利かないタイプの人間は、衝動的に相手に暴力を振るうことが多いですが、こういう袴田容疑者のような知能の高いタイプの人間は、暴力、あるいは加虐行為も、すべて計算尽くで行っていることが多いです。自分の支配力を誇示し、相手が口をつぐまざるを得ない範囲というのをよく知っているんですね』

まさにその通りだったと、篠口は自分の浅い呼吸を意識する。

頭では理解できていても、身動きができなかった。

今も、あの時も…。

『計算した上で、被害者を傷つけていると？』

『そうです。まずは暴力によって自尊心を失わせる、痛みへの恐怖で相手の抵抗意志を削ぐ…、こういったことは一般的にも想像しやすいのですが、実はドメスティックバイオレンスには、相手に所有の証《あか》しを残すというマーキング的意味合いもあります』

キャスターは驚いたような表情を作る。

『マーキングですか？　それは少し意外ですね』

『そうですね、要するに自分の所有物を他人が欲しがらないようにあえて醜い傷をつけている…、たとえば痣《あざ》だらけにする、鼻を削いだり歯を折ったりする、あとはアシッドアタックなどという名前でも知られますが、強い酸性薬品などを用いて容姿を損なう、そういった行為の裏には被害者に他人が望まなくなるほど、深い疵《きず》を残してやろうという心理が働いていると考えられます…』

——失明した君は美しいだろうね…。

袴田の声が蘇る。

袴田が篠口の目を潰す、あるいはアシッドアタックを示唆していたのは明らかだ。

信じられない方向に折れ曲がった腕、さらにその先で篠口の意思とは無関係に宙を跳ねた指の残像が目の前をよぎる。

——足の腱《けん》を切れば、君は立ち上がることもできなくなる。

今も耳に残る、歌うような、嬲るようなあの男の声。

とっさに篠口はマウスを手に取り、画面を閉じた。これ以上は聞きたくなかった。

「おい、鍋運ぶぞ」

黒澤がカウンターの向こうから両手鍋を運んでくる。

男は篠口がテレビ画面を閉じてしまったノートパソコンをちらりと眺めると、無造作に閉じてかたわらへ押しやる。

それだけで、耳の中に蘇ったあの男の呪縛が少しやわらぐ気がして、篠口は小さく息をついた。

食欲など完全に失《う》せてしまっていたが、篠口は黒澤が運んだ鍋の蓋を外すのを黙って待った。

市販の鍋つゆだというが、ふわりと立ち上った湯気は美味そうな醤油《しょうゆ》ベースの香りがする。食欲はないが、予想を裏切る鍋の彩りと美しい盛り付けには驚く。プロはだしだった。

「きれいですね、店で出てくる鍋みたいだ」

篠口自身はあまり鍋料理をしないが、専門店で出てきそうな鍋の見栄えには、自分ではここまで美しく仕上げられないのではないかと思った。

「昔、旅館で泊まり込みのバイトした時に教わった。こういった鍋の盛り付け方とか、配膳とかな」

男は冷蔵庫からビールの缶を取り出し、グラスに注いでくれながら言った。今日は黒ビールらしい。

確かに箸や小鉢、グラスなども、さりげないようでいて、絶妙なバランスで並べられている。

旅館で泊まり込みのバイトをしていたというのは意外だが、その時教わったやり方をちゃんと覚えていて、今も実践できるというのはいかにも黒澤らしい。この男の記憶力や観察力は、驚異的なものがある。

「何だ、色々できるんじゃないですか」

乾杯、とグラスを合わせ、篠口は呟いた。

篠口の部屋に来た時には、ほぼ上げ膳据え膳に近かったが、単にやらなかっただけらしい。半ばは呆れ、半ばはこういう男だと納得もする。

「これだけできるのなら、普段から作ればいいじゃないですか。ちゃんと道具も揃ってるみたいだし…」

そうすれば離婚にも至らなかったのではないかという感想はさすがに胸の内だけに収め、篠口は黒澤がよこせと手を差し出すのに小鉢を渡す。

ホーローの両手鍋、小鉢、お玉、鍋すくいなど、ひと通りのものが揃っているのは意外だったが、前に結婚していたのなら当たり前にあるものなのかもしれない。

「料理はお前の方がうまいだろ。作ることに愛着があるから、味もいい。うちは第一、調味料もない」

ひとりでは作る気もないということだろうか。かといって、篠口のところに来ても食べる一方で、手伝おうかと声をかけられたこともない。確かに料理はいつも褒められたが、適当に担がれているだけのような気がする。

ただ、食欲はなくとも、手渡された鶏鍋に儀礼上箸をつけるとそれなりに美味かった。

「でも、美味しいですよ？」

「最近は市販のでもそれなりに美味いんだよ。ただ、お前の作った料理の方が確実に凝ってるし、手間もかかってる分、桁違いに美味いからな」

「それは…、ありがとうございます」

今は料理への意欲もないが…、と篠口はあまり食い気のないまま、おとなしく取り分け分を口に運ぶ。

「露骨に手抜きで悪いが、ちゃんと食えよ」

黒澤はグラスにビールを注《つ》ぎ足してくれながら、勧める。ここまで黒澤に下手に出られるのは初めてかもしれない。

「バイトって、大学時代ですか？」

確かに旅館で泊まり込みのバイトとなると、キツい分わりもよさそうだ。

「いや、高二と高三」

「高三って、受験じゃないんですか？」

「朝食の片付け終わって掃除を要領よくすませれば、夕食の準備までそれなりに時間は空くんだよ。三食賄い付きだし、バイト料もよかったし、第一俺はそこまで根詰めてハードに勉強するタイプじゃない」

そういえば公立出身だと本人が言っていた。そもそも目の色を変えて受験勉強に励まなくても、基本的に成績がいいタイプだろう。集中力や基礎体力も半端ないことは知っている。

だが、こんな個人的な過去を話す男だとは思っていなかったと、篠口は箸を止め、ガラリと広い部屋を眺める。住宅地内にあるので、静かだった。

「静かですね、環境もいいし。うちとこんなに近いとは思ってませんでした」

以前に歩いて帰れると聞いた時、そこまで近かったのかと驚いたが、都内でも非常時に歩いて登庁できる場所となるとかなり限られてくるので、それはそれで納得もした。

いくらキャリアとはいえ、ここまでの好物件を得られるだろうかと不思議に思う。

「俺が選んだマンションじゃないしな」

「…そうなんですか？」

黒澤は肩をすくめる。

「結婚の時、向こうの父親がどうしても援助するって言いだして…、対外的なメンツもあるんだろうけど、そういう形式にすごくこだわる人でな…。いるだろ？　子供の結婚の際には、親がこれだけのものは準備しないといけないっていう考え方の人」

「…いるんですか？」

そもそも結婚が自分の人生の選択肢にないので、たまにそういう話を聞きはするが、基本的には他《た》人事《にんごと》だった。

それに黒澤がその手の向こうの親の横槍《よこやり》に、おとなしく従うタイプとは思わなかった。それとも人生の一大イベントとなると、波風を立てずに従った方が利口だと考えたのか、むしろ渡りに船だったのか。

「…で、そのまま黒澤さんだけが？」

さっきも疑問に思ったが、あえて相手側の親に用意された部屋に残った理由がわからない。黒澤だけをここに残し、妻が実家に戻った形なのだろうか。

「受け取れと言われた」

淡々と答える黒澤のポーカーフェイスからは、何も読み取れない。それ以上、深入りして聞くのも気が引けるし、そこまでの立場ではない気がする。

ただ、黒澤の内側、知らなかった過去は少し見えたように思った。

同時に、初めて黒澤の妻がどんなタイプの女性だったのかと興味は覚えた。黒澤なら、そつなく見合いで自分に利となる結婚をしたのだろうかとも思う。

けれども、今はそれ以上知りたいという気力はわかない。

「もう少しどうだ？」

あまり進まない篠口の食を見て取ったらしく、黒澤は尋ねてくる。

「すみません、動いてないせいか、あまり食欲はなくて…」

「口に合わなかったか？」

「いえ、美味しいんですけど…、やっぱり昨日みたいに少しでも身体を動かしたり、マッサージを受けたりした方がいいみたいです」

袴田のニュースを見てしまったために食欲などすっかり失せてしまったとはとっさに言えず、篠口は口ごもる。

あの男のことは、口にするのもおぞましかった。慣れた手口だとは思ったが、他にも被害者がいたかと考えると、思考がそこで止まる。それら被害者が無事に解放されたとはとても思えない。

ならば、あの同じ部屋に閉じこめられて？　似たような手口で追いつめられて？　屈服や譲歩を強いられた被害者達の末路は…？——それがどうであれ、その先を考えたくないし、知りたくもない。

警察官としては失格なのだろうが、救出されていなければ、いずれは篠口の辿った道だ。それを知りたいと思う人間が、はたしているだろうか。

「あまり動いてないしな」

正月なんてそんなものだろうと、黒澤はそれ以上無理強いをしなかった。

最後のうどんも形ばかりをもらって、鍋を終える。使った食器を流しに運ぶと、厚手のジップアップセーターの袖をめくり上げながら黒澤が促した。

「もう沸いてるから、風呂入れ」

「片付けを…」

「こっちは俺がやるからいい」

黒澤に背を押され、無理に手伝うと食い下がるのもどうかと、篠口は浴室に向かう。

清潔感はあるが、浴室も洗面所も、本当にタオルとシャンプー類しかない。

どこか昨日のホテルにも通じる無機的な場所が、逆に今は落ち着く気がした。がらりとした何もない部屋だと思ったが、この水回りと寝室はものは少なくてもそれなりに落ち着く空間に作ってあるようにも思う。

湯船の中で何度か腹式呼吸を繰り返し、篠口は縁に頭を預けてしばらく目を閉ざす。

――マーキング的意味合いがある。

蘇ったさっきの教授の言葉に、篠口は神経質に眉を寄せ、湯の中で男に折られた指を黒澤がいつもしてくれているようにマッサージする。

しかし動揺のせいか、握った指には過剰に力がかかり、黒澤がしてくれるような心地よいマッサージにはならなかった。

重い気分を引きずったまま、篠口は風呂を出る。

洗いものは終わったらしく、テーブルでファイルを前にノートパソコンを開け、紙コップ片手に振り向く男に篠口は声をかけた。

「お風呂空きました」

黒澤は篠口の顔に視線を当て、目を眇めた。

「どうした？　顔色が悪いぞ」

「そうですか、湯あたりかな…」

篠口が曖昧に呟くのに、黒澤は洗い上げていたグラスに冷蔵庫から取り出したペットボトルのお茶を注いで手渡してくれる。

「温かいお茶も飲んでおくか？　他にビールとか、ウィスキーもある。あと、ラム酒と日本酒が少しかな」

黒澤はキッチンボードを開いて見せた。少しの食器と何本かの酒瓶の他、一番手前に重ね置かれた紙コップがある。

篠口は黒澤が手にしていた紙コップを振り返る。あの中身はどうやら酒らしい。洗う手間がない分、楽なのかもしれないが、合理的に過ぎる。

篠口は力なく口許を歪めた。食事時よりもうまく表情が作れなくなってきている。食べやすい鍋だったし、大量に食べたわけでもないのに胃が重い。

「…いえ、今日はやめておきます」

「そうだな、その顔色ならもう寝とけ。寝室使え」

いえ…、と篠口は言いよどむ。ソファーもない部屋だ。

「毛布か何か貸していただければ、床で十分なんですが」

「寝袋があるから、俺はそれで寝る。ベッドを使ってくれ」

「そんなわけには…」

「俺はそんなに神経質な方じゃないから、別に床でも寝袋でも平気だ。どっちにしろ、こっちはしばらくかかりそうだから先に寝ておけ」

篠口は頷き、処方薬を飲み下して寝室に向かう。

さっきのニュースが尾を引いている。

あれだけの有名人だ、捜査内容については生方にも聞いてはいなかったが、まだまだ世間的にはニユースとして報じられていることなど十分に考えられた。不用意に今のニュースに目を留めてしまった自分が迂闊だったのだと思いながら、黒澤の寝室へと向かう。

枕許の読書灯を点け、部屋の明かりを消すと男のベッドにくずおれるように座った。枕許《まくらもと》の時計はまだ十時前だったが、早く寝てしまいたくて篠口は布団の中にもぐり込んだ。


暗闇の中からがっしりした男の腕が伸び、篠口の腕を背後へとねじり上げる。

叫んだつもりだったが、救いはどこにもない。

メキッという音と共に折れた腕が、まるで人形のもののように外側へと跳ねる。

長い長い、誰にも届かぬ細い悲鳴を上げながら、篠口は目を覚ました。

とっさに布団を跳ね上げ、暗い部屋の中で折られたばかりの右手と右人差し指を確認する。

そして、そこが黒澤のベッドの中であることに気づいた。

だが、同時に重いままの胃から急に吐き気がこみ上げてくる。どうしてもこらえきれず、篠口は口を押さえてトイレに駆け込んだ。

ほとんど消化できていない夕飯を吐いていると、背後から声がかかる。

「おい、大丈夫か？」

篠口は脂汗でじっとりと濡れた顔を上げる。必死でトイレに駆け込んだが、同じベッドに黒澤はいなかったように思う。まだ寝ていなかったのか、それとも本当に寝袋で寝ていたのか。

「…すみません」

「いい、気にするな」

荒い息をつく篠口の背中を男の手がゆっくりとさする。

「鍋にあたったか？」

男の軽口に、篠口は首を小さく横に振る。

「…いえ」

おそらく、さっき篠口が袴田のニュースを見て慌てて画面を閉じたことに、この男は気づいていたのだろう。

フラッシュバックで戻したことも、多分知っている。

「落ち着いたか？」

トイレの上に身を伏していた篠口がようやく身を起こすと、辛抱強く背中を撫でていた黒澤が尋ねてくる。

「すみません、汚しました…」

篠口が額の脂汗を拭いながらトイレットペーパーを取り、汚れを拭き取ろうとすると黒澤がそれを取り上げる。

「いい、片付けるから顔を洗ってこい」

「でも…」

「いいから行け」

強い力がぐいと篠口を立たせる。

この男にここまで弱っているところ、みっともないところは見られたくない。

だが、それでもその力の強さに今はほっとした。

篠口の奥深いところに絶望と恐怖を植え付けたあの男の手から必ず助けてもらえる、支えてもらえるという安堵がある。

トイレから押し出された篠口は、黒澤の言葉に甘えて洗面所で顔を洗い、口をゆすぐ。そのまましばらく洗面台に凭れて動けずにいると、黒澤が戻ってきた。

「な、次から俺の料理には気をつけろよ」

手を洗い、篠口の濡れた顔を新しいタオルで拭うと、黒澤は悪戯っぽい口調で言う。

「すみませんでした…」

「誰だって、体調の悪い時はある」

ほら、寝るぞ…、と黒澤は篠口の背中を押した。

「まだ仕事を?」

背中を押されるままに寝室に入りながら篠口は尋ねる。

「いや、もう終わった」

寝袋はここにはない。ということは、リビングか隣室ででも寝ていたのだろうか。

「起こしましたか、すみません…」

「いちいちそんなこと気にしなくていい、さっさと横になれ」

ほら、と布団と毛布とをめくって篠口をベッドに押し込む男に、篠口は初めて自分から手を伸ばし、黙ってその手を握りしめた。

黒澤は手を握られたまま、何も言わずに篠口の髪をかき上げる。

「…僕は、…そんなに弱くはないはずだ」

「そうだな」

穏やかな男の声に、篠口は握った手に力を込める。

「こんなことで…」

恐怖と嫌悪に細かく震える奥歯を噛みしめる篠口に手を伸ばし、黒澤はなだめるようにポンポンと背中を叩いてくれる。

篠口は腕を伸ばし、そんな男の肩口に顔を埋《う》める。自分の腕をねじり上げようと伸びてくる記憶の中の男の手に怯え縋った篠口を、黒澤は責めることなく抱きとめた。

「どこで寝てるんですか？」

自分を抱きしめるそのしっかりした体軀に安堵しながら、篠口は小さく尋ねる。

「ああ、リビングな。…て言っても、まだ横になったばかりだ」

「…ここにいてください」

「眠りが浅くなるだろ？　体調悪い時にはキツいぞ、人の気配って」

わかっている。篠口の部屋に泊まった時も、ホテルでも、黒澤がこれまでのように同じベッドには寝ようとしなかったこと。

ある一定の節度ある距離を守ろうとしてくれていること。

それが性被害者への配慮であることはわかっている。震えが収まらなければ抱きとめてくれるし、まるで子供やペットに贈るようなキスもしてくる。

だが、どこかでそれを寂しいと思うし、そこにセクシャルな匂いがないのは自分があの男に穢《けが》された傷物だからではないかと疑う、卑屈に捩れた気持ちもある。

性被害者の陥る自己否定感について、ちゃんと学んでいるはずなのに、そして、それこそが他人が手に取らないような疵を残してやりたいという袴田の思う壺《つぼ》なのだと十分に理解しているというのに、あの男にいいように嬲られた自分が、黒澤に否定されているのではないかという疑念は常に胸の内から消えない。

「黒澤さんが嫌でないなら、僕は同じベッドでも大丈夫です」

「わかった、詰めろ」

ひとつ頷くと、黒澤は無造作に篠口の隣に入ってくる。

「疲れて、ひどいイビキかくかもしれないぞ」

枕許のライトに手を伸ばしながらからかう黒澤に、篠口は唇を小さく笑いの形に作る。

深刻化させまいとする男の配慮に、ぎこちないながらも今度は夕食時よりもうまく笑えた。

「僕も歯軋《はぎし》りがひどいかもしれないですよ」

「ああ、いつもひどいな」

言いながら、男はライトを消した。

「最低です、あなた」

暗がりの中で呟くと、男は低く笑う。

部屋は暗い。だが、その高めの健康的な温もりにはずいぶん安心した。

Ⅷ

翌日は怠惰に、二人して昼前まで寝ていた。

八時過ぎに目を覚ましたら、同じように起きたらしい黒澤が時計を確認して寝直そうとするのがわかったので、一緒に横になっていたというのが近い。

布団と隣に横たわった男が温かい。とろとろと一緒に微睡《まどろ》むのは悪い気分ではなかった。

「そろそろ起きるか？」

寝返りを打った黒澤の声に目を開けると、時計は十一時をまわっている。

「何か食べられるか？」

尋ねられ、篠口は少し考える。昨日食べたものは胃の中に残っていないが、かといってすごく空腹というわけでもなかった。

「胃の調子は落ち着いたか？」

「そうですね…、吐き気はないんですけれども食欲もあまり…」

「なら、腹が減った時に用意すればいいか」

「黒澤さんはちゃんと食べてください」

「俺もそんなに減ってないかな？　年末から豪気に食ったし、ここらで胃を休めておくのもいいかもな」

黒澤は立ち上がると、水分は補給しておけと篠口を促す。

篠口が着替えてキッチンに行くと、黒澤はほうじ茶の入ったマグカップをテーブルの上に置く。

「普段は必要とも思ったことはないが、ソファーがないのは、こういう時に少し不便かもな」

それでも、今は自分のマンションで過ごしたい気分ではなかった。ソファーがなくとも、多少不便でも、この黒澤のテリトリーの中にいる方が安心する。

昨日同様、明るいリビングでゆっくりとお茶を飲みながら、黒澤はふと思いついたように首を傾けた。

「トランプでもするか？」

唐突に何を言い出すのかと、篠口はやや呆れる。

「トランプなんかあるんですか？」

「アメリカ土産に甥《おい》がくれたのがある。手品に一番使いやすいからって」

「手品？」

「昔、甥っ子が小さい時に簡単な手品を見せてやったのを覚えてるらしい」

「手品を黒澤さんが？」

本当に意外な面があると、篠口は黒澤の面高《おもだか》な顔をまじまじと見る。バランスのいい、よく整った顔で男は上目遣いにニヤリと笑った。珍しく、どこか子供っぽくもある表情だった。

「正月とか、お盆とかに兄貴が子供連れて帰ってきたりするだろ？　その時に面倒見てやったりするじゃないか、公園に連れてったりとか、トランプやゲームで遊んだりとか」

「そういうこと、する人だったんですか？」

「まぁ、一般的な家族サービスの一環で？　あまり進んではやらないけど」

言いながら、黒澤はキッチンの引き出しから真新しいトランプを取り出してくる。

封を切りながら、男は鮮やかな手つきでカードを切り、それこそマジシャンのような手際でさばいて見せた。

そして、篠口に引かせたカードを当ててみせたり、カードの下に置いた硬貨を消してみせたりした。

「本当に何でもできる人ですね」

　その見事な手際とカードさばきに、篠口は半ばは関心、半ばは呆れながら言う。

「最初のカード当ては、実はトリックはないんだ。コツを覚えれば、お前でもすぐにできる」

　やってみろと促され、篠口は男の目の前で指示されるままにカードを切ったり、積んだりしてみる。

　なるほど…、としかけを知って呟く篠口に、黒澤はカードを切り直しながら笑う。

「ポイントは、むしろ話術だ。でも、見てる分には絶対にしかけがあると思う。本当は話術に説得力を持たせるための基本のカードさばきの方が重要で、地道な練習がいるんだよな」

　確かにカードさばきは、コツを教えてもらってもなかなか黒澤のようには扱えない。

　時間をかけ、篠口は一からカードの持ち方、さばき方、扱い方を教わる。時には身を乗り出し、時には篠口の後ろにまわりこんできて、黒澤は丁寧に基本を教える。

「じゃあ、これはしばらく練習な」

　宿題だと、黒澤は言う。

「病院で、ですか？」

「そう、時間あるだろ？　指のリハビリにもなる」

「カードを落とすたびに、イライラしそうですけど」

「そんなお前も面白いよな」

　黒澤はからかうように笑ってみせると、さて…、とカードを切り直した。

「じゃあ、ポーカーかブラックジャックでもするか？」

「いえ、黒澤さんとカードゲームはちょっと…」

心理戦など、この男相手では負け戦だ。

「負けるから？」

こういう時の黒澤は、小学生男子並みにあからさまで意地の悪い笑みを見せてくる。

その笑い方があまりに癪《しゃく》で、篠口は眉を寄せた。

「自分が必ず勝てる勝負を吹っかけてくるのは楽しいですか？」

「お前、本当にそういうところ、おとなしそうな顔して負けず嫌いだよな」

「そうでしょうか？」

「じゃあ、勝てばいいじゃないか。勝てば何でも、お前の言うことをひとつ聞いてやるよ」

篠口は口許に手をあてがい、少し考える。ポーカーは苦手ではないが、心理戦では負けが見えているし、今の自分にツキがあるとも思えない。

「何でもですか？」

「ああ」

口角を上げてはいるが、男の短い肯定には逆に真実味があった。

「僕が負けたとしても、何もしなくていいっていうなら、神経衰弱はどうでしょう？」

「神経衰弱か、いい趣味してるな。でも、それでいいよ」

黒澤はまたちらりと笑うと、カードを篠口の前に置く。

「記憶力勝負か？」

「それなりに運要素もありますよ」

心理戦を極力排除して、スパイス程度の運要素を残した記憶力のゲーム、それでもまだかなり分《ぶ》が悪いと思うが、ポーカーの一対一《ヘッズアップ》よりは勝ち目はある。

「じゃあ、一ゲーム中に互いに一回ずつ、好きな時にカードをシャッフルする権利を持つっていうのはどうだ？」

「ルールのカスタマイズですか？　わかりました」

　提案を承諾すると男は腕をざっと大きく動かし、積んだカードを一気にテーブルの上に広げてみせた。

　裏向きのカードを互いにめくってゆくと、案の定、男はほとんど間違いなく正確にカードの位置を記憶している。

　少し旗色が悪いと思ったところで、先にカードをシャッフルすると言いだしたのは黒澤だった。カードの位置を変えたところで、やや篠口も持ち直す。

　最終的にはほぼ僅差だったが、篠口の方がカードを多く取った。

「負けたな。俺もヤキがまわった」

　笑いながら黒澤はすべてのカードを重ねると、部屋の電気をつける。いつのまにか日が陰りかけていた。

「そろそろ何か食うか？」

時計を見るとすでに四時をまわっている。トランプだけで半日近くを過ごしたことに、篠口は驚いた。

「何なら食べられる？　食事に出てもいい」

「デリバリーでっていうことですか？」

「デリバリーもありだし、…まぁ、俺が作るとなると選択肢はわりと悲惨だぞ。ラーメン、チャーハン、ナポリタン、野菜炒《いた》め、あとはカレーぐらいかな」

「けっこうレパートリーが多いんですね」

意外だと篠口は驚くのに、黒澤は逆に呆れ顔を見せる。

「いや、多くはないだろ。男が作れる料理としては、普通すぎてひねりもないし」

学生時代に母親や友達から教わったありきたりの家庭メニューだと、黒澤は篠口にコートを着るように促した。

「黒澤さんなら、そこそこ器用に作れそうですけど」

「期待するな。味が濃いんだよ、俺が作ると。そもそも、サラダ油や醤油買うところからだ」

部屋を出て、篠口はエレベーターのボタンを押す男に声をかけた。

「さっきの神経衰弱、わざと負けたでしょう？」

「まさか」

黒澤はそれこそわざとらしく肩をすくめる。

「俺が手を抜いたっていうのか？」

そういうあざとさが忌々しいと、篠口は一緒にエレベーターに乗り込みながら、目の端で男を睨みつける。

だが、ギリギリのところで勝ちを譲られても、今は悪い気はしなかった。ひとつ聞いてやると言われた望みは、意趣返しにいったい何にしてやろうかという軽い高揚感はある。

トランプをしたり、手品を披露したりというのは、黒澤が家族や身内に向ける顔だろう。これが本当の黒澤なのか、それともあえて今だけ親しみやすく作った顔なのか。

「次は将棋でもするか？」

「チェスならどうです？　僕、けっこう得意ですよ」

「見た目に似合わず、短期決戦のガチンコ勝負派か。俺は搦め手好きだから、将棋の方が得意なんだけどな」

いかにも黒澤らしい特技だと、篠口は黒澤と共にマンションを出た。

「ああ、昨日とかぶるかもしれないけど、鍋焼きうどんとかどうだ？」

「鍋焼き？」

「コンビニの冷凍のやつ、完成度高いぞ」

ああ、と篠口は笑った。この男は、篠口に食欲がないことをちゃんと念頭に置いている。

「じゃあ、それで。僕もけっこう好きですよ」

コンビニで買い物を終えたあと、日の落ちかけた道を散歩代わりだと、黒澤に連れられてやや遠回りをする。

そのせいか、部屋に戻った頃には少し食欲を覚えた。

食後、先に篠口が風呂を使って出てくると、男は寝室の隣の部屋に置いたベンチで腹筋運動をしていた。

斜度のついたベンチでのひねりをつけた腹筋運動は相当の負荷だろうに、黒澤は淡々とした表情でこなしていたが、篠口の姿を見て取るとさっさと立ち上がる。

「キツくないですか？」

「見た目ほどにはな。慣れもあるし、腹筋するならこういうベンチ使った方が、腰や背中も痛めない。負荷のある分、短時間ですむ」

そういう考え方もあるのかと感心しながら、篠口は部屋の端に寄せられた寝袋へと目を留める。

昨日の晩は本当にこの部屋で寝袋を使っていたらしい。

「風呂入ってくる」

先に寝ていていい、と黒澤は浴室へ向かう。

しばらく黒澤のベッドで本を読んでいた篠口は、男が風呂から出てきたとわかると自分から声をかけにいった。

「今日も寝室で寝てください」

ドライヤーを使っていた黒澤は、スイッチを切り、振り返る。

「ゆっくり寝られないだろ？」

「じゃあ、僕が寝袋を使います。正月までつきあわせておいて、申し訳ないですから」

まだ湿った髪をかき上げ、黒澤は篠口の頑《かたく》なさをいなすように笑った。

「横で寝酒呷《あお》ってもいいのか？」

知らなかっただけで、ひとりで寝る前には飲むタイプなのだろうか。

「紙コップじゃなければ」

「あれ、朝、急ぎの時には楽でいいんだぞ」

わかったと笑いながらも、黒澤は頷いた。

寝酒と言ったとおり、キッチンで冷蔵庫を開け閉めしたあと、黒澤はグラスを二つ手にして寝室に入ってくる。ひとつは氷の入った水らしく、篠口に手渡される。

暖房でゆるく温まった部屋で、ひやりとした氷水が美味しかった。

篠口の隣に腰かけた男は、無造作にグラスを口にする。

「ダークラムだ。ロンサカパ。薬がまだなら、飲むか？」

ロックの高級ラムを差し出され、篠口は受け取る。

「ひと口だけ」

ふわりと蜂蜜にも似た甘い香りが、グラスの揺れと共に鼻先をくすぐる。少しだけ飲み下すと、濃厚な甘さと複雑で豊かな香りに、くらりとするような酩酊感とかすかな幸福感を覚えた。

「せっかくの貴重な正月休みを、申し訳なかったです」

グラスを返しながら、篠口は呟く。今ばかりは、詫《わ》びがするりと口から出てきた。

黒澤は受け取ったグラスからひと口呷り、しばらくグラスを揺らす。氷とグラスが触れあう音がきれいだと思った。

「遠藤には…」

ふと黒澤が意外な名前を出した。

「引き受けを頼まなかったんだな」

普段、何でも見通している黒澤がこうした話を振ってくるのは珍しい。むしろ、初めてかもしれない。

遠藤は自分ではなく、神宮《じんぐう》寺《じ》の方を選んだのだとは言わず、篠口はかなり動きのなめらかになってきた右手を開いたり閉じたりしながら、小さく笑った。

「年末年始まで、僕につきあわせるのは悪いでしょう」

基本的に遠藤は義理堅いところがあるので、頼めばつきあってくれるのだろうが、負担に思われてまでは頼めない。

それに自分を救出に来たのは、よりによってあの神宮寺だった。見舞いには来たが、自分はあの男と目を合わせることはできなかったし、神宮寺も他のメンバーの後ろにほとんど喋ることなく立っていただけだった。

どう思っているのか知らないし、正直、今はそこに考えを向けるのも辛い。

「第一、そもそも生方さんか黒澤さんかっていうのが、先生からの話でしたし」

あの状況を周到に作り上げたのは黒澤ではないかと、篠口は薄く笑った。

「黒澤さんがそういうことを聞いてくるのって、珍しいですね。遠藤君とは、ほとんど顔を合わせたことがないでしょう？」

確かに遠藤の動向は耳に入っているのだろうが、そこまであからさまに意識しているようにも思っていなかった。

黒澤はベッドの上で片膝を抱え、そうだな…、とグラスを手に呟く。

「基本的にはどの人間にも、好みのタイプっていうのがある。お前は素直で気性のまっすぐな、キラキラしたタイプに惹かれるんだろ？」

「遠藤君はキラキラしてますか？」

「生命力はあるんだろうが、キラキラきれいで純真っていうのとは違うな。あいつは今もかなり両親の事件に囚われてるし、基本的にはお前の好みから少しずれてるだろ。浅香翔にどこか似た影を、お前が追ったんだ。だから、本質的なところでは違うと思ってる」

言い返そうかと思ったが、結局、篠口は口を開きかけてやめた。

黒澤の言うとおりなのだろう。遠藤はやはり浅香とは違う。

自分は幸せだった頃の名残を追って、失った恋の欠片《かけら》を探し続けて、今、求めたものから遠く離れて、無惨にひしゃげた形でここにいる。

「…黒澤さんは？」

話の流れで、篠口はふと尋ねてみる。

「黒澤さんはどういったタイプが好みなんです？」

「俺？」

「聞いたことがなかった、前から不思議には思ってました」

むしろ、篠口にとっては捉えどころがない男だった。からかうような軽口はたたいても、いつも本心は見せない。

「面倒なタイプだ」

黒澤は薄く笑った。

「お前みたいに手のかかる」

またはぐらかす…、と篠口は小さく唇の端を曲げる。

いつもの手口だ。肝心なことは答える気がないのか、こうして小さな子供でもからかうように軽くあしらわれる。

確かに今は面倒をかけているのだろうが、普段はたいして手をかけられた記憶もない。むしろ、いつも黒澤の都合でいいように振り回される。

「気が向いた時に手軽にセックスできるし、簡単な食事ぐらいは用意できますしね」

黒澤はわずかに目を眇め、篠口を眺めてくる。

男なので妊娠の心配もないし、結婚を迫られることもない。篠口も関係を無理に迫る性格でもない。確かに便利だろう。

袴田も自分の思うままになる若い男を飼いたいというような趣旨のことを言っていたが、その根底にある意図は似たようなものなのだろうか。会話の成り立つ程度の知性があって、ほどほどに見た目も整っている。

袴田には、君はゲイだろうと尋ねられた。あの言葉には、それなりに同性との性交渉経験があるのだろうという仄《ほの》めかしも含まれていたと篠口は思っている。

あの時、袴田から少しでも譲歩を引き出したいという焦りから、篠口は関係に応じた。むしろ、引き金を引いてしまったのは篠口だったともいえる。

自分の一挙一動を監視する男の粘ついた視線が嫌だったし、入浴時に扉一枚のところで逐一に聞き耳を立てられているのも嫌だった。

軽率だったのだろうか。もっと辛抱強く知恵を絞り、時間をかけて袴田と渉《わた》り合うべきだったのだろうか。

たいした貞操観念があるわけではないが、あれは自分の中では二度と思い起こしたくない最悪な記憶だ。動機も経緯も結果も、何もかもが最低だった。

あの時に強要された薬のせいか、囚われた空間の中で関係に応じざるを得なかった自分の精神状態のせいか、そもそもひとまわり以上年の離れた袴田が自分の好みから外れているせいか、そんな相手に何をされるのかわからない恐怖をずっと感じていたせいなのか。

篠口は唇の端を自棄的に曲げて笑った。

怖い。

あれ以来、自分の中の何かが壊れてしまったようで、ずっと恐怖を感じている。

何が壊れたのかはわからない。

だが、袴田にいっときプライドを安く売り渡したのは確かだ。それを合意と言われれば、合意なのだろう。

生きていたかった。殺されたくなかった。あの男が振るう暴力から逃れたかった。その代償として自分は身体と共に、人としての尊厳もあの男に差し出した。

生きてあそこを出られた時のことを考えることもなく。ただ、その場を逃れたいがために…。

半ば崩れかけた笑いを浮かべたまま、眉を寄せた篠口をどう思ったのか、黒澤はグラスをサイドテーブルに置き、顔を覗き込むようにしてくる。

「…おい」

篠口はふいにその男に口づけた。

わずかに身を引きかけた男の首に腕をかけ、逆に引き寄せて舌先でその唇をなぞる。

「どうした？」

性的な匂いを遠ざけるように、男は篠口の胸許を軽く押し戻す。

「明日でこの外泊も終わりですよ。昨日もその前もたいして役に立たなかったけど…、今日ぐらいはいいでしょう？」

面倒をかけたと言われる筋合いでもない、そこまで自分に価値も見出《みいだ》していない。

「黒澤さんは何もしなくてもいいですよ、迷惑もおかけしてますし」

「おい、待て…」

篠口の胸許に当てられた男の腕の力は強くはないが、キスの続きを避けようとしていることはわかる。

そんな仕種に、袴田の好きなようにされた自分がずいぶん薄汚いもののように思えた。

「今日は僕とは寝ないんですか？　ここまで連れてきておいて？」

篠口は壊れかけた笑いを浮かべたまま、押された姿勢からベッドの上を後ろにいざった。

自分がここで何を得ようとしているのか、何をすればいいのかがどんどんわからなくなってくる。

これ以上不快な混乱に陥るよりも、さっさと快楽を代償として終わりにしたい。

この男が年末年始に自分にかけた手間と時間を、身体を代償に返してしまい、袴田に壊され、狂わされた世界を終わりにしたい。

そして、病院に帰る。これから先、どうしていいかわからないまま、職場に戻る勇気も場所も見出せないまま…。

「病気は移されていないそうです。すべての検査結果はシロだと聞きました。それでもやっぱり、抵抗がありますか？」

勝手に思考と口が滑ってゆく。自分の中でも嫌な軋み音を立てながら。

「…まぁ、僕が何をされたか、ご存じですもんね」

厄介だろう、面倒だろう、自分のような人間に拘《かか》わるのは…。

誰にもわかるまい、あそこで袴田に対峙させられ、あの男の気分ひとつで殴られたり蹴られたり、無理に身体を開かれた人間の気持ちなど。あそこで自分の感じた無力感や屈辱、怖気、絶望、嫌悪などは、誰にも届かず、理解されない。

きっとそんなものには、何の意味も価値もない。

なのに、自分はその無価値なものに振り回され、何もかもを滅茶苦茶にされた。神経は擦り切れ、プライドなど土足で踏みにじられて薄汚れ、誰にも顧みられることはない。

「確かに、僕が病気を移されてないなんて言ったところで、いったい何の保証になるのか…。あの男にも聞かれました。『君はゲイだろう？』って。よほど僕は、何をしてもいい安っぽい相手に見えるんですかね？　三十もとっくに越えて、四十も近い。相手に飢えてるようにでも思われるのかな？」

　勝手に口が次々と尖った自虐的な言葉を並べる。

　正直、二十歳も年の離れた同性に性的な目的で拉致監禁され、暴行を受けた男などに手の差し伸べようがない。篠口自身も他人の話ならそう思う。誰だってあんな事件のあとのフォローなど、ただただ煩わしいだけだ。

「おい」

　黒澤は腕をつかんだ。

「お前、今、自分を壊そうとしてるだろ？」

「壊す？」

　自分でも信じられないほどヒステリックに語尾が跳ね上がる。

「本当は今、俺とやりたいわけじゃないんだろ？　そこまでの気力もないだろ？　一ヶ月半も入院して、やっと外泊許可が出たぐらいだからな、階段上がるだけでもフラフラだっただろ？　泳ぐ体力もない。水に浮いてるのがやっとだ」

「それは黒澤さんがっ…」

　好きで水に入ったわけではないと、そう仕向けたのも黒澤ではないかと、篠口は声を上げた。

　戻りたい、もう病室に帰って誰にも会いたくない。あの男に刻まれた不様な疵をこじ開けられ、惨めな思いをしたくない。

「俺はお前を壊したいわけじゃない」

「…壊す？」

いつも好き勝手に押しかけてきて、寝たい時に手を出してきたではないかと、篠口はつかまれた腕をむきになって振りほどこうとする。

だが、男の力は思っていた以上に強く、押さえこまれているわけではないのに身体を離すことすらできなかった。

「その気もない相手の身体を無理に開くのは、犯罪だろ？」

その平静な声に頭に血がのぼる。

「じゃあ、これまでが合意だったと!?」

「少なくとも、無理矢理じゃなかっただろ？　それはお前もわかってるはずだ」

いなすようだが肘や手首を無理のない力で捉え、巧みに篠口の抵抗を封じる男に、篠口は歯噛みする。

最初は強く噛みしめていた奥歯が、やがてカタカタと勝手に幾度も音を立てて鳴るのが止められなくなる。

「じゃあ、あれは強姦だったんですか？　あそこであったことは…っ、あの男との間にあったことは全部…っ」

ヒュッ…、と喉が嫌な音を立てて鳴り、恐怖なのか痛みなのか、慟哭《どうこく》にも似た絶望なのか、頭の奥が真っ赤になる。視界が熱いもので揺らいだ。

　やみくもにもがき、後ろへ大きく傾《かし》ぐ身体を、強い力で抱きしめられる。

「どう言おうと、少なくともお前の意思じゃないはずだ」

　大丈夫だ…、と低くなだめるような声で何度も背中を撫でながら、黒澤は言った。

　黒澤の腕の中で頭を抱える篠口の喉奥からは、呻きとも唸りともつかない細い声が洩れる。

「それはちゃんとわかってる。お前も本当は理解してるはずだ。どんな性被害も被害者に落ち度があるわけじゃない。もちろん、お前自身にもだ。性別や年齢関係なしに、誰だって状況によっては被害者になりうる。それを責めるのは、自分も被害者になることを想像できない無知な人間だ。他人がそれをどうこう言うのは間違ってるし、そんな必要も権利もない。誰にもだ」

　その間も、奥歯の震えと喉から洩れる細い嗚咽《おえつ》にも似た音は続く。不様でみっともないと思うのに自分では止められず、篠口は何度も喉から洩れる声の合間に浅い息を繰り返す。

「…なぁ、どうして俺がお前にこんな手間暇かけてると思ってるんだ？」

　黒澤はひとつひとつ教えこむように辛抱強く、耳許でささやく。

「どうして俺が、こんなに長い時間おとなしく待ってたと思う？」

　篠口が長い時間をかけて呼吸を整えるのを、男は我慢強く待っていた。

「ゆっくりと息を吸ってみろ、無理しなくていい、深めに…、そう、深く…」

　黒澤の声に沿って少しずつ深呼吸を繰り返し、ようやく息を整えた篠口は口を開く。

「……おとなしくは…なかったですよ？」

まだ頬は痙攣するものの、奥歯の震えが少しずつましになってきている。

「…いつも、好き勝手してたじゃないですか」

「そうか？」

男の声がやわらかく笑いを含む。

「まぁ、俺は俺なりに気長に待ってたんだ。この期に及んで、お前が自分で自分を傷つけるのに手を貸す気はないな」

こめかみのあたりに、そっと唇が触れてくる。

「そんなつもりはありません…、傷つくつもりも…」

また、カタカタと奥歯が震える。

あの男のためにボロボロになった自分を認めたくない。壊されたのだとは思いたくない。あんな男の支配下に置かれた時間が、自分の中を深く傷つけ、抉ったのだとは思いたくない。

「俺は嫌なんだよな、そういうの」

篠口の髪や額に口づけながら、黒澤は低く言った。

「嫌って、どういう意味ですか？」

今さら何だと、篠口は喘いだ。

「やるなら、お前が心底、俺と繋がりたいと思わないと」

黒澤の長い腕が篠口の頭を抱えよせる。

「身体も、心も…、全部だ」

だが、これまで聞いたこともないほど、その声は甘く糖度をはらんでいる。

「身体だけじゃない。心もよこせよ」

耳許に低くささやき込まれる。

「…何を今さら。…意味がわからない」

篠口は悔し紛れに、ゆるく男の肩を掻《か》いた。

「じゃあ、考えろよ」

黒澤は篠口の身体を胸許に抱き込みながら、無理のない力でベッドの上に倒れ込む。

「その利口な頭を、俺のことでいっぱいにすればいい」

嫌だ、と篠口は呻いた。

「…嫌です」

「本当に頑固で憎たらしい奴《やつ》だな。面倒だし」

言葉とは裏腹に、笑みを含んだ声、やわらかい手つきで黒澤は篠口の頬や首筋、髪と撫でてゆく。

プールの時とはまったく異なる、皮膚の内側に熱を灯《とも》すようなくすぐるような動きに、ふわりと身体の奥に熱が宿る。

「…はっ」

息を逃がすためにかすかに口を開くと、唇が触れあった。それを追うと、甘やかすような、焦らすようなキスが繰り返される。

追うと与えられるが、向こうからはくれない。そのうちに篠口は焦れ、黒澤の身につけたパジャマのボタンに指をかけた。

それをゆるく解かれる。

「触らせないよ」

指先を捉えた男の目が笑っているのに、篠口は眉を寄せた。

苛立って身を離そうとすると、そこで初めて黒澤は自分から唇を合わせてくる。

舌先でゆるく口許を開くよう促され、忍び入ってきた舌先を夢中で舐め上げた。

くすぐるような口づけの合間に、首筋や背中、わき腹とパジャマの上から愛撫《あいぶ》される。

火照りかけた肌には、その布越しの愛撫がもどかしい。

「…っ」

自分からパジャマのボタンを外し、上衣の前を開くと、大きく温かな手のひらが滑り入ってくる。

じかに触れられ、そのうっとりとする感覚に目を閉ざし、篠口は男の身体に腕をまわす。

「どうしてほしい？」

「触り…た…」

固く引き締まった体軀を抱きしめ、その熱としなやかな筋肉とを感じたいと篠口は呻いた。

袴田のせいでどうしても薄汚く思える身体を、今は逞《たくま》しい熱に寄り添わせ、その精悍《せいかん》な生命力で癒やしたい。手っ取り早く快楽を手に入れ、自分を呑み込んでしまいそうな恐怖と自己嫌悪からも逃れたい。

「今日はダメだ」

「…どうして？」

苛立つ篠口の手を、黒澤はまたゆるく捉える。

「待ってるんだよ」

「…何を？」

焦れる唇を、またそっと吸い上げられる。熱っぽい手に胸許から首筋、腹部の際どい部分まで丹念に辿られる。

背筋やわき腹をやさしく撫でられると、与えられる口づけにふわふわと溺れそうになる。

「…ぁ」

ベッドの上に身を横たえられ、内腿《うちもも》をパジャマの下衣越しに撫で上げられると、篠口はもどかしさから腰を浮かせた。

やさしい手つきで、下着ごと下衣を剝がれる。

頭をもたげはじめたものを大きな手に握りしめられると、自分でも思わぬ早さで下肢が漲《みなぎ》った。

身体は弱っていても性欲だけはあるのかと荒い息をつきながら、篠口は黒澤の肩に縋る。パジャマ越しにも熱を帯びた肌は弾力に満ちていて、見事な張りがある。

布越しにその身体に触れようとすると、篠口を巧みに嬲りながらも、男はするりと身を引いてしまう。

篠口はそんな男を睨みながら身を寄せ、黒澤の硬くなったものを膝先でゆらゆらとなぞった。

「お前は本当に、俺の煽《あお》り方をよく知ってるな…」

篠口の膝をやんわり押しとどめ、かたわらへと開きながら男は笑った。

「でも、今はいい」

羞恥を煽るためか、いつもより篠口の膝を大きく開きながら、男は背後から篠口の身体を抱くようにする。

両膝を開かされたまま、完全に勃《た》ち上がったものを背後から嬲られる。その間も敏感なわき腹を撫で上げられ、胸許を弄られた。

ゆるく尖った乳頭を指先でかすめるように撫でられ、小さく悲鳴が洩《も》れ出る。

「…んっ」

性的な刺激は久しぶりで、腰が大きく浮き上がる。耳許やうなじ、首筋に熱っぽい唇を這《は》わされると、先端から溢《あふ》れ出た雫《しずく》が男の手を濡らした。

体力を失った身体は重いのに、性的な感覚だけが勝手に鋭敏になり、昂《たかぶ》ってゆく。

「ん…っ」

自分でもこらえきれない声が洩れる。ゆっくりとベッドの上に仰向けられ、覆いかぶさられるとそのしっかりした重みに首筋が仰《の》け反る。

喉許の窪《くぼ》みから男の舌先は時間をかけて身体の中央を這い、痩せた腹部、そしてあられもなく開かれた両脚の間へと降りてゆく。

袋ごと焦らすように揉まれ、昂ったものをねっとりと熱い口の中に含まれると、うっとりした吐息が洩れる。

巧みに握られ、全体をゆるく吸い、舐め上げられ、脇から軽く歯を立てられると、鼠《そ》径《けい》部が攣りそうになった。

口技の巧みさに、篠口は男の髪を握りつかんだ。時折、舌の動きに腰が細かく震える。勝手に腰が揺れだすのを止められない。

「…っ、…っ」

髪が乱れ、背筋が捩れる。絶頂を極めたくなる衝動を懸命にこらえると、爪先が反ってゆくのが自分でもわかる。

それを知っていて、黒澤も時にポイントをずらし、気を逸らせる。ほっとして力を抜いたところで、また濃厚な愛撫がはじまる。

甘やかすような、追いつめるような口技と愛撫に延々翻弄されるのが辛くて、篠口は涙目で男を見た。

思いもせず、やさしい目で黒澤が自分を観察しているのがわかる。揶揄とは思えない、愛しむような目つきに喉が鳴った。

「黒さわ…さっ…」

汗に濡れ、解放を求めて腰を浮かせると、男は笑ったように見えた。

「あ…っ！」

臀部《でんぶ》をつかまれると共に、強い力で喉奥に吸い上げられると、そこからはもうたまらなかった。

解放を許された甘え声と共に、篠口は全身を大きく突っ張らせる。

「…ん…、…っ」

濡れた声と共に放った飛沫を、男はあますことなくすべて飲み込んだ。

「…ぁ…、ぁ…」

過敏になった濡れた先端を、丹念に口に含まれ、残った一滴までをすべて舐め取られる。

身体中に甘く広がる快楽に、篠口はうっとりと身体を弛緩《しかん》させた。

与えられた快楽への精一杯の感謝をこめ、男の髪にやんわりと指を絡めると、その形のいい頭部からしっかりした首筋までを何度も撫でる。

久しぶりの射精の快楽に痺《しび》れ、重い身体を起こそうとすると、それをやわらかくとどめられる。

「駄目だって、言っただろう？」

男は子供をあやすようにささやいた。

身体は反応させているくせにどうしてなのだと、篠口は目顔で問う。

「だから、お前が俺を欲しくて欲しくてたまらなくなったら、その時にな…」

やせ我慢だと、男は笑った。

その言葉を胸の内でゆっくりと反芻し、呑み込んだ篠口は小さく笑い返す。

だが、さっきのような、胸奥で次々と何かが軋みと共に崩れ壊れてゆくような感覚はなかった。

この男には色々負担を強いているのだろうな…と、純粋にそう思った。

かたわらに黒澤が身を添わせてくる。

甘やかすようにやわらかく抱きしめられ、安堵と喜びに小さく喉が鳴った。

腕の中に抱きこまれ、ゆるやかに何度も髪や肩、背中を撫でられる。

その温もりが今は心地いい。

まだ収まらない黒澤の昂りが太腿のあたりに触れているが、逆にそれが自分に対し、男が欲望を覚えるという正直な証しだとわかって安心すると共に、嬉《うれ》しくもある。

篠口は抱きとめられながら、そっと男の方へと指を伸ばした。

本当は気力も体力もないだろうという黒澤の指摘は正しく、吐精した今は黒澤の顔へ指を伸ばすだけで精一杯だった。

だが、どうしても伝えておきたくて、篠口は感謝をこめてそっと男の唇に触れた。

篠口の意図は察したらしく、黒澤は唇に触れた指先を手に取ると、ゆるく握り込み、小さく口づける。

押しあてられた唇の温かさとやわらかさに、ずっと軋み続けていた胸の奥の痛みやわだかまりがやわらぐ気がする。

汚されたから遠ざけられている、性行為を避けられているわけではないのだと、こうして抱きしめてもらい、何度も愛しげに撫でられ、ようやく理解できた。

篠口は安堵から、男の胸許にそっと肉の落ちた肩を寄せた。

墨と雪2　下に続く

ストームグレイの行方

I

その日、黒澤《くろさわ》は会議のため、いつもの公安の拠点ではなく、本庁の方へと足を向けていた。

一年ほど前まで在英国《えいこく》大使館に一等書記官として出向していた黒澤一誠《かずなり》は、今年で三十一歳となる。

今回のサミット警護に関連する会議は、帰国後に行われた中では一番大規模なものだ。

会議後、部屋を出ようとすると、まだテーブルに着いたままの外事情報部長が自分に向かって、ちらりと手の先を上げるのが見えた。

すみせん、と共に部屋を出ようとしていた先輩に断ると、黒澤は情報部長のもとへと足早に戻る。

男は眼鏡《めがね》越し、人の悪い笑いを見せた。

「あいかわらず、君は目敏《めざと》いな」

「何か、ご用のようでしたので」

黒澤は、最近、自分に目をかけているらしき男に、如才のない笑みを向けておく。

この情報部長は、Y県警察本部で警務部長を務めていた黒澤を英国に一等書記官として派遣するよう指示した男であり、英国滞在中は終始黒澤の上げたレポートに目を通していた当事者でもある。

そして、帰国後の黒澤をすぐさま外事課に引っ張った男でもあった。

黒澤と同じ旧帝大出身の情報部長は、同じ法学部の先輩にもあたる。学閥もあるだろうし、こういった持ち前の目敏さも含めて、以前から黒澤は気に入られているという自覚はあった。

外事の情報部長などを務めているだけに、眼光鋭い、隙のない相手だった。隙がない上に、なかなか一筋縄ではいかない気難しい人物としても有名だ。

「今度、少し面白《おもしろ》いのを警務部から引っ張ってくる。英語の語学力は在外外交官レベルで、非常に高度な機密文書や対外文書も読みこなす。本人は公言していないが、フランス語とドイツ語も日常会話程度なら、そこそこできるようだ」

「警務から…ですか？」

警務部といえばそれこそ少し前まで黒澤もタッチしていた、警察内で人事や福利厚生などを扱う内部部門だ。

確かに警察内部では人事や会計を掌握するだけにエリート部署と言われているが、そこに面白い人材がいたというのは意外だ。基本的に警視庁も含めてどこの警察本部も、安定した優秀な公務員タイプを配置している。

ただ、外交官レベルの高度な英語力に加えてフランス語やドイツ語まで理解するような人間だと、どこに置いても重宝するだろうし、どの部署でも欲しがる。

「面白いよ、警察学校の成績も、採用試験でも断トツでトップだ。周辺調査や本人の思想信条も問題ない」

「それは、ずいぶん優秀ですね。警備課も欲しがりそうですが」

武官型だが文武両道で、自衛隊の士官候補生の首席みたいなタイプだろうかと黒澤は想像してみる。ならば、SP《エスピー》やSAT《サット》といった部署が絶対的な即戦力として欲しがるだろう。これまで警務部が抱えたままだったというのが不思議だ。

「まぁ、むろん、警備課も色気を出してた。…が、いかんせん体術に関しては中程度だ。悪くはないが、格別抜きんでてもいない」

もっとも警察内では若手でも当たり前のように剣道や柔道の国体やインターハイ出場者がいるので、その中で中程度をキープできているならば悪くはない。キャリアにおいては、体術に関してはさっぱりという完全文官型がほとんどだ。

体術が中程度というのなら、確かにカテゴライズとしては現場配置の職員というよりも、警務に置かれるような文官型かと黒澤は推察する。

「ただ、射撃成績は悪くないね。トップに近い」

「なるほど、優秀ですね」

射撃に関しては、警備部の方でも射撃成績のいい警察官を集めた射撃班がある。ただ、そうなってくると、今度は警察学校トップという知能や外交官レベルという英語力が無駄に浮いてしまう。

「こっちで使えないか？　もともと本人は科捜研志望だったらしくて、大学での専攻は心理学だ」

「心理学ですか…、それはかなり珍しいですね」

へぇ…、と黒澤は握った拳《こぶし》を口許《もと》に当てて視線を巡らせる。だが、科学捜査研究所や科学警察研究所あたりに配属希望だったりすると、そういう変わり種も来るのかもしれない。

「でも、科捜研は枠が厳しいでしょうね」

科捜研は業務や研究に関しては最先端の技術を持ち、他の大学や企業などとの連携もあるが、いかんせん研究所自体の総人員が七十名程度だ。

その中でさらに犯罪心理担当となると本当に数名程度で、募集などほとんど出ない。数年に一度、あるかないかの募集枠は競争率が百倍を超えることもあるという。下手をすると、国公立大学の教授、助教授の座を争うより厳しいかもしれない。

「ああ、その年も図書館の期間業務員を一名募集していただけらしくて、研究職は募集がなかったとか」

君の三期下かな、と外事部長は目を細めた。

黒澤も含め、いわゆる就職氷河期世代だ。安定した公務員枠に皆殺到したが、時節柄、募集自体も少なかった。例年考えられるよりも、はるかに募集条件も厳しい。その中でトップの成績だったというのなら、かなりの優良物件だ。

「どこの大学出身ですか？　そこまでの成績と英語力なら、キャリアや準キャリアでもいけたんじゃないかと思いますが…」

警察官僚だけでなく、それこそ外務省のキャリアとしても通用しそうだが、やはりキャリアの主流は旧帝大系だ。むろん、旧帝大内でも学閥がある。優秀であっても、私立大学組だとやや厳しい。

しかし、ノンキャリであっても、この慧眼《けいがん》で知られた外事部長があえて優秀だと他から引っ張ってくるような人間だ。単に成績優秀というだけではあるまい。

「ロンドン大の脳科学部だね」

黒澤は失笑した。イギリスでもケンブリッジやオックスフォードと並ぶトップスクールの有名カレッジだ。ダーウィンが進化論を発表したのも、夏目《なつめ》漱石《そうせき》が学んだのもロンドン大だ。

そんな人間がノンキャリでわざわざ警察学校を経由して入庁しているというのだから、確かに面白い話だ。面白いというより、単に世間知らずなのか、変わり者なのか。

「それはきっと、僕よりも優秀ですね」

「これはまた、ずいぶんと謙遜《けんそん》したものだなぁ」

外事部長は黒澤を楽しげにからかったあと、小さく顎を撫《な》でた。

「まぁ、実のところ、海外にいたから、キャリアとノンキャリの違いがあまりわかってなかったんじゃないかっていう話だ」

事前のリサーチ不足といえばそうなのだろうが、まだインターネットでの情報や募集要項公開はそこまで一般的ではなかったし、海外にいれば得られる情報にも限りがある。それほどにここ十年で、ネットで入手できる情報量は桁《けた》違いに増えた。

「帰国子女ですか？　日本語でのコミュニケーション能力は？」

「十分すぎるほど優秀だ。その上、機微にも敏《さと》いらしいよ。言動は穏やかだし、評判は悪くない」

「へぇ、面白いですね」

「警務部ごときにそんな人間を使いこなせるかね？」

毒の覗《のぞ》く男の言葉にも、黒澤は控えめに笑うにとどめておく。

「それは難しいですね、なかなか」

警務部が使いこなせるか云々よりも、この抜け目ない情報部長への答えそのものが難しい。

そして、それだけの複雑なスペックを持つ人材だと、やはり配置が難しいのは確かだった。

「警務の方は、幹部候補生として温存するだの言ってたかな？　それを聞いて、喉から手が出るほど欲しがってた刑事部が歯噛《が》みしてるっていう話だ」

「組対や知能犯、特殊犯あたりですか？」

外国人犯罪を扱う組織犯罪対策部や、詐欺や背任、横領といった犯罪を扱う知能犯捜査、捜査一課だと殺人や性犯罪といった重犯罪を扱う強行犯や、誘拐、立てこもりなどの交渉にあたる特殊犯など、確かに刑事部でも頭の切れる人材は欲しいだろう。

黒澤は微笑んだ。

「他部署が欲しがるのを横からかすめ取るのは、公安《うち》の悪い風潮ですね」

「それほど優秀だとわかってて、よそへやるか？」

情報部長は肩をすくめる。

「まぁ、でも刑事部にはどうかな？」

「童顔か何かですか？」

他部署の人間から刑事部にはどうかと言われるなら、童顔、あるいは一般よりも小柄な人間かと黒澤は尋ねる。刑事はそれなりに押し出しや強引さ、時と場合によっては腕力なども必要なので、頭脳派でもあまり幼い印象だと侮られる。

「君は本当に鼻が利くなぁ。いちいち説明せんでも、あっという間に答えを察する」

情報部長は楽しげにニヤつく。

「だから、そいつを任せるよ。研修中に適性を見てくれ」

「承知しました」

ああ、と情報部長は声を上げる。

「まだ大貫《おおぬき》君には言ってない。配属についてはあとで説明するが、先に君に言っておくよ」

「承知しました、ありがとうございます」

黒澤の直接の上司よりも先に言ったということは、大貫自身は適性云々の話は聞かされず、その人材については全面的に黒澤に一任されるということだろう。

公安警察官として使えるのなら、非常に有用な捜査官になる。場合によっては大貫を経由せずに、黒澤の配下として今後動かせるように手駒として抱き込めということかと、黒澤は着座したままの部長に合わせてかがめていた長身を起こす。

今現在、黒澤が直接に手足として動かせる捜査官は何人かいる。いずれも公安の捜査官としては優秀だし、何より指示に忠実だった。他部署であっても、適時、捜査動向や情報を確実に耳に入れてくれる。

逆に今の部署の中には、先輩キャリアが黒澤を蹴落とすために、ひいては黒澤を重用するその上層部の足をすくうために、黒澤の動向を探っている捜査官もいる。そういう手合いは、あらかた目星はついているし、たまに偽の情報を握らせてやっては尻尾をつかむ。

狩りのような感覚だ。どう泳がせれば、相手の化けの皮が剝《は》がれるのか、弱みを握れるのか、誰の指示を受けて動いているのか。仕事と同時並行で職場でも探り合い、互いをターゲットにする。

キャリアである黒澤は、地位と情報、場合によっては上からの強力な後押しや助力を得られる分、失敗した時には必ず報復が待っている。まずは、キャリアの中でも一番のエリートコースと呼ばれる公安から外される。場合によっては、何かしらの理由をつけて陥れられ、不名誉な退職や免職に追い込まれることもある。

公安は警察きってのエリート集団と呼ばれるだけに、優秀な人間が多い部署だ。頭はよくとも非常に陰湿なタイプや、すべてを力尽くでねじ伏せようとする軍隊型もいるが、中には本当に化け物級にしたたかで切れる人間もいるので油断できない。だが、そんな頭脳をフル回転で使う相手ならば、ゲームへの挑戦意欲もわこうというものだし、手応えもある。まさに相手にとって不足はない。

そんな面々と渉《わた》り合うのに、手足となって働く人間は確実に必要だが、まだ手駒としては歳下で人当たりのいいタイプというのはいないなと、黒澤は思案する。

部長の言い様では、見た目はあまり強面《こわもて》ではないが、人の情には敏く利口なタイプだ。うまく育てれば、人の懐に入り込む技に長《た》けた優秀な懐柔要員になるだろうか。

優秀な尋問官は、人を脅す技よりも人の心を巧《たく》みにつかむ術《すべ》に長けている。期待しすぎるのもまずいが、どんな人間なのか興味はわいた。

「それでは、お先に失礼します」

黒澤はやはり自分を手駒のひとつとして使っているにすぎない外事部長に一礼すると、会議室を出た。

Ⅱ

数日後、黒澤は三つ並んだ机のモニター越し、迎えに出た捜査官に連れられて入ってきた男に目を留めた。

公安の捜査員達の中では異色なので、目を留めたというよりも、フロアに入ってきた瞬間、すぐにわかったというほうが近い。

すでに人事ファイルで本人の経歴や写真も目にしていた。制服着用写真だったのでまた印象は違っていたが、基本的に一度目にした顔や名前は忘れないし、黒澤自身、他の人間よりも相対的に視野は広い。

スーツ姿だと想像以上にすらりとした優男だな、と黒澤は控えめにフロア内を観察する男を見た。髪や瞳の色が明るいせいか、全体的に色素が薄い印象だが、上背はそれなりにあり、身体つきもバランスよく背筋も伸びている。顔立ちはかなり上等で、知的だが甘くやわらかな印象を受けた。視線配りなどを見ても控えめで、品もいい。スーツやネクタイの趣味も悪くない。

黒澤の視線に気づいたらしく、前の島で振り返った捜査員が呟《つぶや》く。

「…なんか、ずいぶん毛色の違うのが来たな」

つられて他の捜査員まで振り向く。

「えらくスマートな色男ですね、あれ、本当に公安《うち》の配属ですか？　なんか、刑事ドラマの若手俳優みたいだな」

忍び笑いは、侮りによるものだ。外事部長が、刑事部にはどうだろうかと言ったのもわかる。

二十八歳とまだ若い上に、容姿がソフトで上品すぎる。女性受けはいいだろうが、年配の男性や筋の者には間違いなくなめられる。見た目のよさは本人の責任ではないが、童顔以上に刑事には向いていないかもしれない。

「警務部から来た篠口《しのぐち》雪巳《ゆきみ》君です。しばらくここで研修にあたりますので、よろしくお願いします」

黒澤が穏やかに声をかけると、黒澤よりも歳上の捜査員らは慌てて会釈した。

当の篠口も、自分を振り返る捜査員らに気づいたらしく、丁寧な会釈をよこした。捜査官に断り、一緒に黒澤の方へとやってくる。

「黒澤さん」

捜査官も心得ていて、あえて黒澤の肩書きは呼ばない。

他の捜査員よりも若いのに上席に座っているため、キャリアだろうことは察しているだろうし、いずれ他とのやりとりで肩書きそのものも知れるかもしれないが、今は黒澤も説明しない。

加えて、どこの部署でも慣例となっている部署内での着任紹介や挨拶《あいさつ》は、ここではない。

研修期間中は、あくまでも篠口は部外者《よそもの》だった。公安としての適性がないとみなされると、早々に放逐される。すぐに出ていくかもしれない人間に、在籍捜査官が名簿上に載っていない公安の部署の構成や仕事内容を詳しく知られるわけにはいかない。

そもそも、この拠点自体が警察内部でも公になっていない。

黒澤のいる場所は、都内にいくつかある公安の拠点のひとつだが、金融や保険会社が入っている一般の商業ビルにフロアごと借り上げる形で存在している。

一階ロビーの在籍企業一覧に企業名は表示されておらず、間違ってこのフロアでエレベーターを降りても、独自のセキュリティシステムを通過しないと中へ入れない。また、この拠点は数年おきに他へと移動することが決められており、場所そのものが外部はむろん、警察内部でも厳重に秘匿《ひとく》されている。

つまりは公安に研修という名目で引っ張られている時点で、この篠口という優等生タイプの男は、ほぼ捜査員として仕込まれることが決まっており、逃げられない状況でもあった。

外事部長が直接に黒澤に任せると言ったのには、使えるようにうまく仕込めという意味合いもある。わかっていてこんな優男を放り込んでくるなど、あの人もたいがい趣味が悪いなと、黒澤は内心で笑う。

だが、確かに仕込めばそれこそ小説や映画のネタにでもなりそうな、面白いタイプの懐柔要員や尋問官になりそうだった。少し前、当の外事部長が海外では当たり前のようにハニートラップはあるのにな、と言っていたばかりだし、黒澤が実際に英国に赴く時には、盗聴や盗撮、ハニートラップには十分気をつけるようにと警告された。

黒澤はにこやかに立ち上がった。

キャリアである黒澤が自ら立ち上がったことに驚いたらしく、篠口はかしこまった表情を見せた。あらためて背筋を伸ばして姿勢を正すと、甘いだけではない、それなりに引き締まった表情を見せる。

ただ、やはりどこか育ちのよさそうな印象を受けた。実際、親は文系の大学教授なので、育ちは悪くない。むしろ、イギリスのパブリックスクールからロンドン大などへ進んでいるところをみると、かなりのお坊ちゃんだ。

警務部が経歴、バックグラウンド共に申し分ないと見込んで、抱きこんでいたのもわかる。

「篠口君ですね、黒澤です」

「警務から参りました、篠口です。どうぞよろしくお願いします」

篠口は十五度に腰を折り、きれいな形の礼を見せる。

見た目通り、やわらかさのある聞き取りやすい声、丁寧な話し方だった。

黒澤も腰を折り、敬礼を返した。

「じゃあ、さっそくですが、和田《わだ》さんのチームでしばらく研修についてください」

和田さん、と黒澤が篠口を連れてやってきた目端の利く四十代の捜査員に呼びかけると、男は心得顔で頷いた。

篠口は再度一礼すると、和田に従って黒澤の率いる三つのチームのうち、一番端のチームの末席へと着いた。

Ⅲ

夜の十時過ぎ、二人の捜査員を従えた男が黒澤に声をかけにくる。

「九段《くだん》の件で、今から出てきます」

「了解です、お願いします」

慌ただしく三人の捜査員が出てゆくと、フロアにいるのは黒澤と篠口の二人となった。

黒澤はモニター越し、しばらく篠口の様子を眺める。

この時間になっても、トレイの上にファイルや資料が山積みになっているせいか、篠口はかなり疲れた顔をしている。

　篠口の作業そのものは手際もいいし、ミスもないという話だが、その分、多少多めに仕事を振っても大丈夫だと思われているのか、隣のチームに所属する現在入院中の女性捜査員が引き受けていた仕事をカバーさせられている。さらにはこの拠点内の、極左団体や右翼団体など反社会勢力を監視する公安チームの経理や事務関係までが篠口へとまわっていた。

　基本的に黒澤の管轄は外事になるが、この拠点内の公安捜査に関しては外事以外の分野もすべて黒澤の管理下に置かれている。その分の事務がすべて篠口の方へスライドしている状況だった。

　今は日本がホスト国となるサミット前でもあり、通常よりかなり仕事量も多く、部内は殺伐としている。事務作業は煩雑で、大量だった。夜七時、八時に戻ってきた捜査員らが頓着《とんちゃく》なく置いたファイルやデータの処理、下手をすると今から日勤と交代で監視に入るメンバーの命じた作業までがどんどんと重なってゆく。

　それでいて、この拠点内の作業や役割、管轄内容などを具体的に篠口に説明する者はいない。

　一応、指導員は二人ほど置いたようだが、それとて篠口に仕事を振って簡単な説明をするだけで、他部署のように部内に馴染《なじ》ませ、親しく声をかけ、具体的にあれこれと面倒を見るわけではない。

　公安特有の距離もある。現場の捜査員はいざという時にすべて個人で責任をかぶることを要求されるので、どの捜査員も独特の距離感を持っている。

　むろん、この暑苦しい警察組織において、慣例となっている歓迎会などもない。

もっとも篠口も歓迎会などを期待するタイプには見えないが、名乗らないままに篠口に仕事を回している者もいるので他部署よりもはるかに仕事はやりづらいだろうと、黒澤は頬杖《ほおづえ》をついてしばらく目の端で篠口を観察する。

やがて黒澤は立ち上がると、モニターと分厚いテキストを前に、眉間に手を当てて低く溜息《ためいき》をつく男のすぐ側《そば》まで行った。

「篠口君」

声をかけると、篠口が驚いたような顔を見せる。

「お疲れ様、驚かせた？」

「…いえ、すみません、作業で手こずっていたので」

確かに作業に疲れているのもあるだろうが、足音を立てずに近づいたのは黒澤だった。

「もう十時まわってるから、疲れてるんだろう？　夕飯は？」

「あ、いえ、さっきクッキーを少し」

「夕飯はまだ…、か？」

「ええ、帰ってから食べようかと」

黒澤は篠口の前にある厚いプログラム用のテキストを覗《のぞ》き込む。

「君、プログラムもやるのか？」

「…いえ、僕はこっちはまったく…」

「何をやれって？」

「プログラムコードの照合と吸い上げを…」

「このファイルの中から？　けっこう量があるけど…。誰が振った？」

「原口《はらぐち》さんに…、英語ができるなら、そう難しくはない作業だと言われて」

篠口の二人いる指導員のうちのひとりだ。だが、プログラムテキストを渡しただけで、やり方はほとんど教えていないのだろう。篠口の手許にあるテキストに指を置いた黒澤は、腕の時計を見ると財布を取りだした。

「何か夕飯になりそうなもの、買ってきてくれる？　君の分もだ」

「いえ、僕は…」

「いいから」

断りかける篠口に紙幣を数枚渡し、黒澤は指示されたファイルに目を走らせる。

いくら英語に堪能だろうが、初心者にはとても一日、二日で終われるような作業ではない。これは突きはなしたやり口で精神的にプレッシャーをかけているのか、未知の作業をこなす際の要領や出方を見ているのか…。

篠口の周囲にも公安特有の冷めた距離は感じていたが、ブラックだな、と黒澤は唇を曲げて笑う。

ストレス耐性を見ていると言えば十分に言い逃れはできる範疇《はんちゅう》なのだろうが、軍隊などにつきもののイビリにも似ている。

紙一重の感覚なのだろうが、周囲もあまり積極的に面倒を見ようという気はないようだ。他の部署のような連帯感、連携よりも、個々の探査能力、捜査能力を重視しているこの独特の空気を持った部署で、男同士につきものの力量ある人間への煙たさや嫉妬《しっと》に近い感覚だろうか。

研修はじめのノウハウについては、ここへ来てまだ一年の黒澤より、確かにベテラン捜査員らの方が詳しい。それに加えて、まだ正式に着任となるかわからない篠口に完全に仕事を任せきるのは危険でもあるので、本業にはタッチさせられないという問題もあるだろう。預けたチームにとっては、使い勝手の悪いお荷物であることはわかるが、もっと表面には出ない陰湿なものを感じる。

もちろん、それぐらいは篠口も十分に承知のことだろう。弱音を吐けば、もっとたたかれる…、そんな恐怖も感じているかもしれない。

本人が公安を希望してやってきているならそれもある程度は忍耐なのだと我慢できるだろうが、篠口自身はどう思っているのか。

黒澤なら、相手を出し抜く機会を窺《うかが》う。そこまで繊細にはできていないし、キャリアの大半を占める有名私立一貫校出身でないせいか、図太さや気骨については雑草並みだと評されたこともある。

だが、それが何だと思う程度だ。実家は名家でも裕福でもないのは百も承知だ。

しかし、篠口はそういうタイプではない気がする。

「戻りました」

さほど時間を置かず、篠口がお釣りとコンビニの袋を手に戻ってくる。

「この時間、あまり残ってなくて。どちらか好きな方を選んでください」

油淋鶏《ユーリンチー》と黒炒飯《チャーハン》のセットと親子丼、カップの味噌《みそ》汁とペットボトルのお茶を取り出す篠口を、黒澤は横目に見る。

「じゃあ、遠慮なく」

油淋鶏と炒飯を取ると、黒澤は篠口の隣の椅子を引き、そこへ腰を下ろした。

「積まれた仕事、全部片付けてたらきりがないよ」

コンビニ弁当ひとつ取っても行儀のいい篠口の食べ方を見ながら、黒澤は声をかける。

「はい」

篠口は伏し目がちに頷く。

「それ、篠口君のチーム分じゃないのがまわってきてるのぐらい、わかってるんだろ？」

黒澤は篠口の机に積まれているファイルや書類を指差す。

「研修中ですし、仕方ないかなと…。特殊な部署ですし…」

自分と距離を置く捜査員らの関係は十分に把握しているようで、篠口は口ごもる。

むしろ、そう思って自分を納得させているようでもあった。

「まぁ、それは覚悟しておいた方がいいかもな」

きれいごとを言っても仕方がないと肩をすくめる黒澤に、篠口は小さく笑った。

「黒澤さんは、モニターを三台並べてらっしゃるんですね」

「ああ、デスクも無駄に広いから？」

黒澤の席には両袖机に加えて、かたわらにはさらにキャビネットもある。

デスクのモニターのうち、一台はメールなどの一般的な作業用、一台は管轄地区の様々な監視映像、場合によっては作業班の作業映像などが分割画面として映っている。もう一台のモニターには、都内の所轄警察署の捜査情報や他国ニュース、各国の政府発表やＳＮＳ情報などがリアルタイムに直接に流れてくる。

いちいち人に調べさせたり、新聞やテレビなどのメディアや外務省経由で情報を入手したりするよりはるかに早いし、そこに他者の意図が入りこむ余地もない。

「一緒にノートパソコンも開いてらっしゃることがあるでしょう？」

「ああ、作業が追いつかない時？　画面切り替えてると、時間のロスやミスが増えるだろう？」

「あれは全部把握されてるんですか？」

黒澤が着任してすぐ、机の上に並べさせたモニターを見て、フロアの端で『キャリアの仕事できるアピール』じゃないのかと笑っていた捜査員がいた。

今は逆に黒澤が海外情報やフロア内の捜査員の作業を逐一把握していること、他拠点や公安内の上下とも通じていることを悟ったらしく、あの人は何にでも目を光らせすぎじゃないのかと怯《おび》えていることは知っている。

「こけおどしに見える？」

篠口はやわらかく笑った。

「いえ、あそこまで同時並行で色んな情報を処理できるのは、すごいなと思って」

嫌味のない声だった。黒澤の仕事ぶりには、純粋に感嘆しているらしい。

黒澤は低く笑う。

「お前の話し方、悪くないな」

言葉は他のメンバーに対するものよりも、意識的に砕いた。

普段、歳下のノンキャリア相手でも、お前などとは呼びかけない。チーム内で他者よりも近い距離を特別に意識させることによって、コントロール下に置く手段のひとつだ。

「話し方…ですか？」

黒澤が意図的に話し方を砕いたのには、すぐに気づいたらしい。アンバーというのか、それともセピアと呼ぶのか、他よりも色味の薄い瞳が黒澤を見る。

黒澤はそんな篠口の視線運びを観察する。

前から薄々感じてはいたが、この男はほぼ間違いなく同性愛者だ。

黒澤自身、女性に熱い視線を送られることは多いし、男であってももっとあけすけな値踏みをしてくる者もいるが、篠口の場合はもう少し控えめだ。

ただ、時折、黒澤にふっと視線が止まっているのはわかる。上司の動向を窺う視線とはまったく種類が異なるので、見られているなとは思う。だが、黒澤個人に対する熱心な興味や恋慕というより、もっと単純にルックスのよさを目で追っているという印象は受けた。

恋人や妻のいる男であっても、美人にふと目を奪われる感覚に近いかもしれない。それ以上の関心ではない。

「ああ、くせがなくて声も聞き取りやすい」

頭のいい男なので、自分の声の特徴や言葉運びはある程度意識しているはずだ。

ただ、話し方は丁寧でやさしく、発声もきれいだ。イントネーションにもくせがない。ソフトな声はよく通るというほどではないが、さほど声を張り上げなくともちゃんと語尾まで聞き取れる。

話し方や方言、イントネーションのくせというのは、記憶に残りやすいし、人によって好き嫌いが分かれる。場合によっては反感も生む。それに目立った特徴がなく聞き取りやすいというのは、十分な長所だった。

「ありがとうございます」

篠口は口許をやわらかい形に作ると、手際よく黒澤の分も容器をまとめて袋に片付ける。

黒澤は原口が置いていった指示メモに目を落としながら尋ねる。

「プログラムの講習は？」

「いえ、一般的な表や計算ソフトなどは扱えますが、プログラム的なものは何も…」

「そうだな、プログラム関係は基本的に通信情報部門が担当する。別にプログラムそのものが扱えなくとも問題ない」

ただ…、と黒澤は言葉を継ぎながら、篠口の机の上のメモを取って前に置く。

「公安《ここ》にいるなら、知っていても損はない。とりあえず、基本的な考え方と作業手順は教える」

「はい」

頷く篠口に、黒澤はファイルを開き、ざっくりとした基礎を説明したあと、指定のコードを入力させる。そして、入力内容について説明し、篠口がメモを取るのを待った。

黒澤自身、英国に渡る前に数ヶ月ほどをかけて、偽名で警察大学の工作部隊員用の講習を受けている。主に現場での協力者獲得や追尾、張り込み、盗聴、写真撮影、ピッキングといった基本的な技術に加え、コンピューターのプログラムやハッキング技術、情報管理や組織管理などのノウハウも学んでいた。

それこそ、作業班の技術はひと通りマスターしている。実際に英国ではこれらの技術は役に立った。スパイ行為と言われればそれまでだが、別にこれは対外的には認めていないだけで、どこの国でも行っていることだ。

そうでなければ、警察キャリアなどをわざわざ他国の大使館に、一等書記官といった肩書きを持たせて送り込みなどしない。

基本的には他国の情報収集のために大使館があり、治外法権という外交特権がある。何も在外邦人を守るため、国際交流や他国援助のためだけに、多額の国費を使って大使館が置かれているわけではない。

黒澤は基本的に、知らない技術や知識を修得して、自分のものにすること自体が好きだ。持ち前の器用さや勘のよさ、好奇心からくる貪欲さもあるのだろう。実技に関しても、教わること自体をハードルをクリアするように楽しんでいると、教官にもう教えることはないから実戦につくかと苦笑されたほどだ。

だが、キャリアが馴れぬ現場にしゃしゃり出てくることを煙たがる人間は多いし、我が物顔で現場をひっかきまわされることを嫌がる部下の心理は十分すぎるほどにわかる。

なので、今のところは部下の仕事についてはチームリーダーへの指示を出すにとどめているが、各捜査員の特性や技術レベル、思考パターンなども一年ほどのうちにすべて把握している。

別にそれをあえて口に出したことはないが、今では部下らがそんな個々の力量把握を密かに恐れていることも知っている。

一時間ほどかけて黒澤は篠口に作業内容や要点を説明しながら、原口の置いていった指示のほとんどを終わらせる。

利口なもので、篠口は疲れたといった文句ひとつ口にせず、黒澤の説明をメモに取っている。理解も早い。最初にそれなりに時間を取って説明してやっていれば、もっと早くに作業を終わらせていたはずだった。

「残り、やってみろ」

黒澤の言葉に、篠口は残りの作業を終わらせてゆく。

「すみません、お時間取っていただいて」

「いや、お前だって、全然歯が立ちませんでしたって言って、頭下げるのは嫌だろ？」

隣の椅子で脚を組む黒澤の言い分に、篠口は横顔で笑ってみせる。

「何か他にも困ったことがあれば、聞きにくればいい」

ささやかな釣り餌に、篠口はあらためて黒澤の方へと顔を振り向けると、節度をわきまえた笑みを作った。

「こんな作業でお手を煩わせるのも申し訳ないですよ」

用心深いのは、やはり性癖を隠すためかと、黒澤はその王子様風のそつのない笑みを見る。

もっと仕事でも色事においてもギラギラした相手なら、キャリアにコネができた、自分は気に入られたとばかりに喰《く》いついてくるのもいるが、この優等生は利口な分、予防線を張ったようだ。

黒澤自身は、男と寝た経験はない。こんな自分とたいして体格差もない相手など、考えたこともない。だが、こういう生活臭のない男なら、俺の方はいけるなと黒澤はいつものポーカーフェイスの下で思った。

逆にこんな羽目を外さないように思える男が、ベッドではどういう顔を見せるのか少し興味がわく。

ただ、感覚的なものだが、この男にはおそらく別に本命がいる。誰か大事にしている存在がいる。

それを他人には知られたくないと思っている。場合によってはその本命にすら、知られたくないのかもしれない。

こういった勘については、黒澤はまず外さない。

それゆえに、よけいにこの男は警戒心が強いのではないかと、黒澤は時計を確認すると立ち上がる。

「まだ電車あるな、今日はもういいから帰れ」

「黒澤さんは？」

篠口は黒澤を見上げてくる。

「俺はまだ、もう少し片付ける仕事がある」

席に戻った黒澤に、机の上を整理し、上着に袖を通した篠口はありがとうございましたと頭を下げ、出ていった。

この時間でも平気で入ってくるメールをしばらくチェックしていると、出ていったはずの篠口が再度戻ってくる。

「どうした？」

「よければ、コーヒーを。教えていただいたお礼としては申し訳ないぐらいですが…」

篠口はわざわざ外で購入してきたらしきカップ入りのコーヒーと、プロテインバー、チョコレートの小袋を黒澤の机の上に置く。

「律儀だな」

黒澤は片頬《ほお》で笑った。

なるほど、懐柔要員として手駒にしろと言われるわけだ。感謝の表現ひとつ取ってもスマートだ。

逆に、この男の知らぬところで組織内で勝手に厄介な役割を振られつつあることに、まだ気づいていないことが気の毒にも思える。

「とんでもない、こちらこそ助かりました」

お先に失礼します、と篠口は頭を下げて出ていった。

Ⅳ

夜の七時半をまわる頃、フロアの捜査員がほとんどいないことを確認し、黒澤はスーツの上着を手に篠口の席の後ろまで行く。

監視対象者の近隣物件を探すように指示されたらしき篠口が、ネット上の川崎《かわさき》市の地図を見ているところだった。

「川崎の●●●なら、斜め向かいのビジネスホテル押さえた方が楽だぞ」

声をかけると、篠口は驚いたような顔で振り向き、黒澤と目の前の地図とを見比べた。

「…そうなんですか？」

「ああ、カラオケ店やレストランを借りる手もある。賃貸物件にこだわるな」

黒澤は篠口の机に手をつき、手許を覗き込む。

「まぁ、他にいくつか手はある。困ったら聞きにこいって言ったろ？」

何と答えてよいものかという表情を一瞬見せる篠口の背中を、黒澤はとんとひとつ叩く。

「とりあえず、夕飯食べにいくぞ」

今残っている捜査員は、二人共こちらに背を向けている。電話で協力者とやりとりしている者と、ヘッドホンをつけてパソコンで映像の確認作業をしている者とで、こちらには気をまわしていない。

そんな二人と黒澤とを見比べた篠口は、椅子の背にかけていたスーツの上着を取って立ち上がった。


夕食に選んだ店は、手頃な価格の和定食屋だった。店に入って二人だと告げると、店員は店内へと目を向ける。

「ご案内いたします、しばらくお待ちください」

ああ、と黒澤は店員を呼び止めると、店の奥の方の席を指差した。

「あそこの奥のテーブル席、いいですか？」

えっと…、と店員が迷うような顔を見せる。

「あの席でお願いします」

黒澤がたたみかけると、店員も頷く。

「ご用意します、お待ちください」

篠口は穏やかに尋ねてくる。

「ここ、よく通われてるんですか？」

「ほどほど程度だ。別にあの席が特に気に入ってるわけじゃない」

黒澤は肩をすくめる。

「お待たせしました、どうぞ」

ほどなくトレイを手に店員が戻ってくると、黒澤の希望したテーブル席へと案内する。

店員がお冷やを置いて下がったあと、黒澤は篠口へと顔を向けた。

「店に入る時は、できるだけ見通しのいい場所を選べ」

「見通しのいい場所…」

「そうだ、逆に見通し悪く作ってある店もあるから、意図的に死角に潜めるように見通しの悪い場所を選ぶ場合もある。理由は指導員に聞け」

まだ指導員から教えられていないことを、事細かに説明する気はない。理由さえ呑《の》み込めば、この男は理解も早い。捜査員としての様々な技術も確実に身につけるだろう。

「そういえば、この間、原口さんに何か言われたか？」

そうですね…、と篠口はメニューを黒澤へと差し出しながら笑った。

「驚いたような顔はされてましたが…。ひとりで終わらせたのかと聞かれたので、黒澤さんがほとんど作業を終わらせてくださったことをお伝えすると、若干面白い声を出されてました」

「面白い声なぁ」

どんな声だよ、と黒澤はメニューを手に取る。

「あれから初めての作業については、少し丁寧に教えてくださるようになりましたよ」

黒澤は鼻先で笑った。

「よかったじゃないか」

篠口は小さく口許をゆるめた。笑うと、上品な優形の顔立ちがより引き立つ。やさしく魅力的な笑顔だ。懐柔用としてはうってつけだ。それを理解していれば、人がよさそうにも見せることができるし、相手の協力を引き出す武器ともなる。

「ありがとうございます、助かりました」

黒澤が原口に対して間接的にかけたプレッシャーに関してはちゃんと理解しているようで、それも含めての感謝の言葉らしかった。


食後、店を出た黒澤はおとなしく隣を歩く男の横顔を眺めた。

どこかで黒澤に対しても一線を引いているようなこの男の中から、打ち解けた雰囲気をいくらか引き出してみたい。

「そういえば、お前、射撃成績いいんだろう？」

「射撃はそこそこですかね」

「じゃあ、俺と勝負する？」

「勝負？」

「そこのガンシューティングで」

黒澤は派手に光の煌《きら》めくアミューズメントセンターを指した。

駅に近い商業ビルで、飲み会帰りらしいサラリーマンが店頭のパンチングゲームで派手に盛り上がっている。それなりに人は入っているが、今の時間帯はほとんどが酔客だろう。

篠口が不思議そうに首をかしげた。

「黒澤さん、こういうところも入られるんですか？」

「学生時代は？　最近はないかな。お前は？」

篠口は首を横に振る。

「いえ、入ったことはないです。少年課は定期的にまわると聞いてますが」

「だろうな」

もともと学生時代はほとんどイギリスで過ごしているだろうし、日本に戻ってからも基本的に好んで出入りするようには見えない。

だが、勝負するかという誘いには特に逆らうこともなく、おとなしく黒澤について入り口にクレーンゲーム機の並ぶ店内に足を踏み入れてくる。

物珍しそうにぬいぐるみやフィギュアの入ったクレーンゲーム機を眺め、爆音や電子音のメロディーが鳴り響くアーケードゲームの間を歩きながら、篠口は尋ねてくる。

「こういう賑《にぎ》やかで見通しの悪い場所は、気をつけることはありますか？」

さっきの黒澤のアドバイスを汲《く》んでの質問らしい。利口な男だなと、黒澤は篠口を振り返る。

「事前に出入り口や間取りを把握できるなら、できる限り頭に入れておく。もし、できないなら、建物の構造的にどのあたりに階段や出口があるかを、入る前にあたりをつける。これはある程度の経験値や勘が必要になる。できるだけ音には頼るな。極力、頭の中から音はシャットアウトする」

「シャットアウト？」

「そうだ、意識的に音を排除して、視覚へと感覚を絞る。それだけでもターゲットへの集中力が全然違う。ただし、それは任務の時だけでいい。オフ時にやろうとすると無駄に疲れる」

音をシャットアウト…、と篠口は呟き、音以外にも眩《まぶ》しい光の点滅や始終動きのあるグラフィック、派手な色彩のゲーム機などへと視線を巡らせた。けたたましい音楽や炸裂音にはまだ慣れないようで、わずかに眉根を寄せている。

「一朝一夕にできるものじゃないから、無理はしなくていい。あとはターゲットと自分との距離を、常に把握しておくこと。近すぎてもまずい。近づきすぎたら、距離を取れ。今のところ、初心者にアドバイスできるのはこれぐらいだ」

「はい」

篠口はおとなしく頷く。

「公安《うち》に慣れたら、そのうち現場で経験を積むことになるから、その時に詳しく聞け」

篠口はかすかに唇を開いた曖昧《あいまい》な表情を見せた。

黒澤はそんな篠口の反応に薄く笑うと、特殊部隊がテロ組織を壊滅するというガンシューティングの筐体《きょうたい》の前で足を止め、しばらくデモ画面を眺める。

「これでいいか？」

「僕はどれでも」

選ばないというより、初めて目にするゲームでは勝手がわからないようで、篠口は自動小銃を模したガンコントローラーを手に呟いた。

「…重いですね」

「まぁな。最近のは色々凝ってる。この重さはリアルなのかな？」

本物のサブマシンガンはさすがに持ったことがないからわからないなと、両替を終えた黒澤は小銭を投入口の上に置いた。ガンコントローラーの重さは感覚的に三キロを超えるだろうか。ＳＡＴの見学の際に目にした自動小銃も、多分、三キロ越えに見えた。

「勝負って、本気ですか？」

「いや、本物の射撃とは違うから、お遊びだな。ストレス発散？」

でたらめな黒澤の答えに、なるほどと篠口は頷く。

篠口はシューティングゲームについて、黒澤のざっとした説明を聞くと、まだ慣れないような表情でコントローラーを構えた。

「…なんか、お前、優男なのにスーツ姿でガン構えてるのってシュールな絵面だな」

小銭を手にした黒澤の軽口に、篠口は黒澤の方へと顔を振り向け、小さく笑った。

いつもの行儀のいい笑い方ではなく、黒澤には初めて見せた、やや打ち解けたはにかむような笑い方だった。何が篠口の内側を覗き見せたのかはわからないが、こうした笑顔は可愛《かわい》げがあるのになと黒澤は思う。

多分、この慎重で頭のいい男は、普段は繊細な内側を幾重にも優等生的な表情と態度で守っている。そうそう簡単にはその壁を崩さないし、ごく限られた人間にしか本当の自分は見せない。

こんな人間を過去にも知っている。

黒澤はガンコントローラーを構え、硬貨を投入した。

そして、自分はこんなタイプの人間が嫌いではない。いそうでいない、稀少《きしょう》な人種だ。むしろ、好きか嫌いかで言えば、好みともいえる。人当たりはいいのに、安易に他人を懐に入れようとしない、目には見えない透明な殻のような壁とその内側に隠されたものに惹《ひ》かれる。

「初めてだろ？　感覚つかむまでは、お試し程度でいいぞ」

黒澤の声に、篠口は了解、と普段よりも引き締めた顔をモニターに向けたまま頷いた。

スーツ姿だが、画面に向かっていつもとは表情を変えた篠口の横顔は、それなりに様になっている。

始終標的の切り替わる画面や、コントローラーについたスピーカーからの発砲音、抱えたコントローラーそのものの振動に慣れるまでは、耳許での爆音や腕の中で跳ねるコントローラーに驚いていたらしき篠口も、やがてモニターに現れる敵に反応しはじめる。

「お前、けっこうセンスいいな」

三つ目のステージまで進んだあと、黒澤は声をかける。

「黒澤さんは凄《すご》いですね」

「そうか？　かなり鈍《なま》ってるぞ」

「それで？」

「昔は初見で、もっと先のステージまで行けたんだよ。別にシューティングゲームの難易度が上がってるわけじゃないから、色々鈍《にぶ》ってるんだろうな」

中学や高校の頃《ころ》、友人とスコアを競い合った頃を思い出してぼやく黒澤に、篠口はさすがに十代の頃とは違いますよと笑う。

ただ、篠口も感覚をつかむと確実に成績を伸ばしてくる。実際の狙撃訓練だともっとシビアに成績は出るのだろうが、確かに見てくればかりの優男ではないようだった。

これはこれで、また新しい一面を見たようで面白い。

「どうだった？」

小銭を使い終えたところで声をかけると、初めてのシューティングゲームのめまぐるしい画面展開に疲れたのか、篠口は低い溜息と共に抱えていたガンコントローラーを筐体に戻す。

「やっぱり僕には、特殊部隊は向いてないなと思いました」

「向いてない？　何だ、それ」

感想なのかと尋ね返す黒澤に、篠口はふっと笑ってみせた。

「銃は重いし、ゲーム中に安全圏に逃げたくて仕方がない」

ストレスが溜《た》まりましたと、男は軽口までたたく。

「初めての感想がそれかよ」

面白い奴《やつ》だな、と黒澤は声を上げて笑った。

キャリアとして入庁して十年に近いが、職場の人間と一緒にいて声を上げて笑うことなど、本当に久しぶりの経験だった。

V

土曜の夜、黒澤の電話に、さる企業の研究員と某国の女性工作員との動きを追っている作業班の捜査員からの連絡が入ってくる。

「浦本《うらもと》の方でいい動画《え》が撮れました。音声はもう少し上げて拾わないと厳しいかもしれませんが…、今から引き上げて音拾います」

土日も、昼夜も関係ない。常に何かに取り憑《つ》かれたように情報を追い続ける部署だ。おそらく、明日の午前中には会話内容まで揃《そろ》った動画が上がってくることだろう。

　別件で出ているチームは、今日は収穫がないようなので引き上げに入っている頃だろうかと、黒澤がヨーロッパの国際ニュースを隅に小さく映しているモニターを横目に見たところで、電話の向こうの相手が、あ…、と小さく声を上げた。

「何か？」

「いや、篠口がいるなと思って。通りの向こうですが。すみません、たまたま歩いてるのが目に入っただけなんですが…」

　黒澤はざっと篠口の机に視線を巡らせる。篠口自身は今日は昼過ぎで帰っているはずだ。

「篠口君？　ひとりですか？」

「いや、同じ歳ぐらいの男と一緒です。親しそうに見えますけど」

　ふうん、と黒澤は唸《うな》った。

「今、渋谷《しぶや》のどちらですっけ？」

「南口です。居酒屋とかの集まってる筋ですね」

　捜査員が通りの名前と位置を告げるのに、黒澤はモニターを渋谷南口界隈《かいわい》の監視カメラ映像に切り替えてゆく。

　モニター内で九分割されたカメラ映像を数回切り替えると、捜査員の言葉通り、同じ年頃の男と歩く篠口とおぼしき姿が映った。

「了解です、お疲れ様です」

　黒澤は電話を切ったあと、しばらくモニターで篠口の姿を追う。横にいる青年とはずいぶん親しく見えるが、距離感や雰囲気的に同期だろうか。

　だが…、と黒澤は少しその様子を見守ったあと、一緒に歩く青年の顔写真を拡大、解析した。

　そして、篠口の同期千百名ほどの警察官の写真データと照合してゆく。同期に該当者がいなければ、以前の警務部在籍の警察官、さらにはその前の所轄署にいた警察官などと照らし合わせてゆくだけだ。

　照合を待つ間、黒澤は二人が海鮮系の居酒屋に入るのを確認する。ネット上で店をチェックすると、高価ではないが、新鮮な魚介と銘酒を提供することでそこそこ評判のいい店だった。店内の雰囲気も悪くない。

　黒澤はしばらくモニターを前に考える。ちょうどそこに、照合ソフトの抽出した該当者が表示されてくる。

　黒澤の推察通り、篠口の同期にひとり、A署管内の交番勤務で浅《あさ》香翔《かしょう》という該当者がいた。篠口とは警察学校の寮で同室だったことや、二箇所の交番勤務を経て、今の交番に配属になった経歴などといったデータがすべて上がってくる。採用試験の成績は上の下程度、性格は明朗、おおらかで社会性が高く、正義感が強いと評価も良好だ。

　身長は百七十二センチと中背でやや痩せ形、写真を見る限り、目許のやさしげな顔立ちは悪くない。若干線が細いが、口角の上がった善良そうな顔をしている。小柄でも中性的なわけでもないのに、どことなく小動物や若い鹿を思わせるような雰囲気もあった。

二人で一緒に歩く映像は楽しげだ。二人共、刑事課や警護課に所属しないせいか、警察官らしき独特の雰囲気もない。篠口の身体の向き、仕種《しぐさ》、浅香へと向ける表情などを見ても、どれだけ心を許しているのかわかる。

この浅香という同期に対しては、篠口の内包する殻も感じられない。むしろ、その殻すら浅香に対しては開放したいのだ。

ああ、こいつだ…、と黒澤は目を眇《すが》める。

おそらく、同性愛者である篠口の意中の人間は、この青年だ。

もともと勘はいい方だが、公安に来てからというもの、これと思ったターゲットの周囲の人間関係についての推測は、ほぼ外さない。

黒澤はしばらくその浅香の写真とデータ、店の情報、篠口と浅香が二人で店に向かって歩く映像とを見比べたあと、受話器を取った。

直接に二人の入った店と電話でやりとりしたあと、黒澤はざっと今フロア内にいるメンバーを一瞥《いちべつ》し、そろそろ仕事じまいにかかっている、自分の机から一番近い男に声をかける。

「畠《はた》さん、すみません、今いいですか？」

四十代の手練《てだ》れの捜査員が顔を上げる。今、黒澤が仕事ぶりに信用を置いている捜査員のひとりでもある。

「よければ渋谷までつきあってもらえませんか？　晩飯奢《おご》りますよ」

黒澤の用件が食事ではないと察したらしき男は、頷くと立ち上がった。


黒澤があらかじめ電話を入れておいた居酒屋に入ると、眼鏡をかけて髪型をいつもよりきっちりと整えた畠は渋谷署の刑事課を名乗り、ダミーの証票を見せる。

心得顔の店員は、畠と黒澤とを仕切りで隔てられた篠口と浅香の席の隣へと案内し、置いてあった予約席の札を下げた。

畠が手際よく集音マイクを仕込んだ上着を、ハンガーごと仕切りのフックにかけ、うまく位置を調整してくれる。

畠と同じように銀のフレームの眼鏡をかけた黒澤は、わざわざつきあわせた畠の前に置かれたメニューを広げると、やや声のトーンを抑えて笑った。

「今日は好きなもの頼んでください。刺身の盛りなんかいかがですか？　毛ガニの甲羅詰めも看板メニューらしいです。日本酒もいいのが入ってるようですね。このまま直帰してもらって結構ですので、遠慮なくどんどん飲んでください」

「すみません、じゃあ、お言葉に甘えて」

畠は片手を上げて拝むような仕種をしてみせると、店員に刺身の盛り合わせと毛ガニの甲羅詰め、するめいかのわた焼きを頼んだあと、手早く音量を調整したインカムを黒澤に手渡してきた。

黒澤も店員の記憶に残らないよう、目立たない紺のスーツにスチールフレームの眼鏡をかけているが、畠はごく当たり前のように周囲に溶け込む技に長けている。

休みの日の公園に行けば子煩悩な父親のように、金融関係のオフィスビルに行けば真面目な役員のように、飯場に行けばごく自然に季節労働者のように見える男だった。今は休日出勤をさせた部下を労《ねぎら》うために、夕飯に連れてきた中間管理職といったところだろうか。

刺身とだし巻きを頼んだ黒澤は、畠と共にしばらく篠口と浅香の会話へと耳を傾けた。

『それそれ、俺も勘違いしてた』

明るく嫌味のない笑い声が上がる。

『ごめん、大事なことなんだけど、そもそも竹下《たけした》と奥さんのなれそめっていうのがさ…』

見た目よりも面倒見がよく、話し好きらしき浅香という青年の声質は、朗らかで屈託のない分、けっこう通る。

『浅香に任せちゃっていいのかな？　よければ一緒に買いにいくけど』

なかなか休みが合わないよね、と申し訳なさそうな声を出すのは篠口だ。

『いいよ、篠口忙しいだろ？　俺、姪《めい》っ子の誕生日プレゼントも買いにいかなきゃいけないから、まとめて買っとくよ。俺の兄ちゃんに「エリ、翔ちゃんとデートなの」って自慢したらしくってさ、それもいつのまにか、プレゼント以外にご飯も奢らされる予定になってるみたいで』

青年は愛嬌《あいきょう》のある話し方で、知らなかったよと笑っている。

『兄ちゃんには、「エリを泣かせるなよ」なんて真顔で釘《くぎ》刺されるし。泣かせるなって言われても、いや、もう本っ当にごめんなさい、俺、五歳の子供には全然興味ないんですとしか答えられないんだけど、それ言っても「俺の娘は可愛くないのか？」なんて返ってくるし…。ホント、男親って皆、あんな風になるのかな？　娘を持てば、誰もが通る道？』

運ばれてきた刺身へと手を伸ばしながら、やはりインカムで内容を共に聞いている畠は苦笑する。

「楽しそうですね、屈託がないっていうか。ここ最近聞いた会話の中では、一番健全かもしれません」

欲や裏のかき合い、金や権力、暴力沙汰にまみれた外国の諜報《ちょうほう》活動監視や国際テロ案件などを扱う作業班が長い畠にとっては、同期への結婚祝いや五歳になった姪っ子とのやりとり、交番業務で困惑した通りがかりのおばあちゃんとの会話など、たわいないが聞いている方が微笑ましくなるような話などは、逆に健全さに困惑するらしい。

しかし、そのとりとめもない話は一方的なものではなく、ちゃんと篠口と呼吸を合わせていること、人間性が純粋でやさしく、温かみがあることなどは十分に伝わってくる。

時々、畠も浅香の話につり込まれて笑っている。ここまで聞き手から自然にポジティブな気持ちを引き出せる人間というのは、なかなかいない。

篠口も心底楽しそうで、時々、職場では聞いたこともないような明るい笑い声を上げる。浅香を甘やかすような、どこか浅香に甘えてもいるような、心を許している話し方だ。畠が同期らしくて健全だと評するのもわかる。

「なんだろう？　小学校か中学校の時、こういう奴いたよなぁ」

畠はハマチの刺身にわさびを載せながら、記憶を探るように呟いた。

「ああ、確かに」

誰というはっきりとしたイメージがあるわけではないが、子供の頃から学生時代にかけての楽しげに笑っていた同級生や遊び友達の声がいくつか蘇る。

遊具を登る時、こちらを手助けするために無造作に伸ばされた腕、駄菓子屋の店頭で一緒にはしゃいだ声、地面を蹴って思い切り走っていた感覚、授業中に振り返って肩越しに落書きを見せた悪戯《いたずら》っぽい目、味方を走らせるために大きくフライを打ち上げた時の空の青さ、そんなキラキラとして懐かしい記憶の中にある、心安い友人達の印象が重なる。

何の計算もなく、ただ一緒にいると楽しかった。笑ったり励ましたり、共に何かを悔しがったり…、そういう感覚を共有していた健全な友人達の声や表情が蘇ってくる。

「最近、篠口《あいつ》、疲れた顔してますから、いい息抜きになるんじゃないですか？　今はうちの浜《はま》の分の事務処理や、並木《なみき》のチームの事務まで篠口がやってますから」

サミットもあるし、オーバーワークだろうと畠は言う。

黒澤はインカムのボリュームを少し絞り、首をかしげた。

「どうですか？　篠口君、そろそろ畠さんの班で見てもらうのは」

「基本、研修はね、和田さんの班でやることになってるんですよ。うちの班だと、どうしても内容知られるとまずいことが多いんで…。もちろん、篠口が正式に配属になれば、喜んでうちで引き受けますよ。あいつ、勘がいいですしね。本当のところをいうと、もう少し浜の仕事を振れるとありがたいですけど、研修中は無理ですね」

入院中の女性捜査員の名前を挙げ、畠は頭を掻《か》く。

ここのところ、何度か篠口を食事に連れて出ている黒澤は、インカム越しの二人の楽しげな会話を追った。普段は用心深い篠口の反応、声のトーンなどが、黒澤を前にしている時とはまったく違う。

これではまるで…、と黒澤は低く笑った。

「毛色が違うっていう声もありますけど。確かに篠口君はまだうちのカラーに馴染みきってない印象があるんですが…」

「どうでしょうね？　育て方だと思いますよ。利口な男なんで、本人が割り切ればかなり使える捜査員になる。情報屋としての囮《おとり》捜査も可能ですし、外資にもぐり込ませてもいい」

見た目も悪くないですし…、と畠はニッと唇を曲げた。

「以前、黒澤さんがいらっしゃる前に、若手で少しツラのいいのがいましてね。ノリがいいから、女受けも悪くなかった。本人もそれは承知なもんだから色んなところで情報拾わせるのに重宝してたんですが、なまじ使えるもんだから港区《みなとく》の方に持ってかれまして…。篠口はそいつよりもさらに男ぶりは上なんで、使えますよ。口の堅い男よりは、身内の女に口割らした方が早いことも多いですしね。

要はどこまでどういう風に情報取りにいくかっていう、本人の意識次第です。うちの班ではベテラン捜査員には、あまり具体的な手段まで指示しないんです。ある程度は捜査員やその所属するチームの裁量、才覚に任せるところがあるんで」

この畠のようにどこにでも溶けこめる中年男としての容姿を最大限活《い》かすこともあれば、あえて見場やあたりのよさを売りに動く若い男が必要なこともあるだろう。確かに畠の班は、和田の班よりもより機密度の高い情報を集めている。

「なるほどね、ありがとうございます」

黒澤は丁寧に礼を言っておく。

「夕飯までつきあわせて、申し訳なかった。せっかくなので、こっちも食っときましょう。当たりの店でよかった。あの北海汁って頼んでみませんか。美味《うま》そうだ」

黒澤はカウンター上の黒板に書かれた本日のおすすめメニューへと目を向けた。

篠口達よりも先に勘定をすませ、黒澤はマイクなどの機材を受け取り、店の外へと出たところで畠と別れた。しばらく通りで待っていると、二人が出てくる。

「本当に美味《おい》しかった、篠口、いい店見つけてくれてありがとう！」

弾んだ声で礼を言う浅香に、篠口も笑みを見せる。

「当たりでよかったよ。久しぶりに美味しいもの食べられたし。海鮮も悪くないね」

　黒澤が眼鏡を外し、信号待ちの交差点で肩を並べ、じっと意図的に見ていると、篠口の方で黒澤に気づいた。黒澤と顔を合わせたことに戸惑ったのか、やや遠慮がちで小さな会釈がある。

「篠口君」

　笑いかけると浅香のほうも黒澤に気づいたようで、どこか人懐っこくも見える笑顔と礼とを向けてきた。

「食事か？」

「ええ、ちょうど終わったところです」

「君の同期？」

　あえて尋ねると、篠口はちらりと浅香の方へと視線を走らせた。

「はい、浅香君です。浅香、先輩の黒澤さん」

　篠口の紹介に、相手は合点がいったような顔を見せると、背筋を伸ばす。

　先輩と篠口が言葉をぼかしたあたり、公安に研修で赴いていると知っているのか、薄々察しているのか。守秘義務があるので、さすがにベラベラ話してはいないかと黒澤は篠口へと視線を流す。

　だが、浅香はきっちり腰を十五度に折る敬礼を取ると、穏やかな笑顔を見せた。

「A署盛岡《もりおか》町交番所属の浅香です」

　名乗る様子には必要以上の媚《こ》びもなく、かといって怖《お》じた風もなく、丁寧に所属も明かしており、どこまでも自然体だ。黒澤も腰を折り、礼を返す。

「黒澤です。今から二次会ですか？」

いえ…、と浅香ははにかんだように笑った。

「僕はあまり酒は飲めないので、篠口君には申し訳ないですが、お茶でもしようかと」

ああ、こいつは気性がまっすぐだ…と、黒澤は微笑んだ。

まっすぐで純粋で、計算がなく温かい。そして、篠口がこの青年の何に惹かれるのかも直感的にわかった。

多分、同期の中で一番大事な存在だろう。同期ばかりではなく、周囲をひっくるめてすべての中で一番…。おそらく、今の篠口の中での主役級ともいえる存在のはずだ。

「いいですね。水を差して申し訳なかった、行ってらっしゃい」

「ありがとうございます、失礼します」

頭を下げる浅香の横で、篠口が気遣わしげにちらりとこちらに目を向けてくるのに、黒澤はニッと唇を吊《っ》り上げた。

Ⅵ

「お先に失礼します」

前のデスクから声をかけられ、黒澤はお疲れ様ですと顔を上げた。

金曜の夜で、珍しくフロア内に人がいない。今日ぐらいは俺も早めに帰るかと、黒澤は最後の書類に印鑑を押すと、フロアの端で何か打ち込んでいる篠口に声をかけた。

「篠口、帰るか？」

「あと十分ほどすれば、この作業は終わりますが…」

「オッケー、それで終われ」

帰り支度をしろと声をかけ、キャビネットに書類関係をしまっていると、帰り支度を終えた篠口がやってきた。

「今日は早いんですね」

何度か食事に連れて出ているせいか、歳も比較的近いせいか、金曜の夜に声をかけられたことにあまり違和感はないらしい。

「どうする、今日は？　居酒屋ばかりっていうのも味気ないな」

何か食って帰るだろう、と立ち上がった黒澤は腕の時計に目を落とす。

時間は九時半をまわっている。気の利いた割烹《かっぽう》などは、ほとんどがラストオーダーの頃合いだろう。

篠口はやや考えるような表情を見せる。

「少し高めでよければ、肉を出すバルがあります。わりにいい肉が出てくるので、値段はそこそこするんですけど。料理や店の雰囲気はよかったし、ワインも美味しいのを置いてました」

「肉か、いいな。お前、肉食べたいの？」

そう肉食系にも見えないけどな、と黒澤はからかう。

「肉っていうよりも、金曜のこんな時間に帰れるのは久しぶりですし、美味しいもの食べて贅沢《ぜいたく》したい気分ですね」

これまで黒澤と食べに出る時は特に何も言っていなかったが、浅香と行っていた店のチョイスといい、食への関心は高いらしい。

篠口に連れられて行った店は確かに雰囲気がよく、やや照明を落とした店内はかなり賑わっていた。ワインも美味しいというのなら最初にビールではもったいないかと、黒澤は篠口と共に辛口の白をグラスで頼み、フードメニューに目を落とした。

「生ハムと前菜盛り合わせに、ローストキノコの肉巻きとかいいな。あと、アクアパッツァ。サラダもいるか？　どのサラダがいい？」

「サラダじゃないですけど、四種のピクルスとオリーブの盛り合わせは欲しいです」

メインは肉だと、店員が持参した本日の入荷肉メニューの中から、熟成モモ肉とカイノミとを焼くように頼んでから、黒澤は篠口に尋ねた。

「お前、家でも肉焼いたりする派？」

肉は…、と篠口は苦笑する。

「肉じゃなくても、料理とか？」

ああ、と篠口は微笑む。

「実家ではしませんでしたね。今は寮ですし…、学生時代は少しやったんですけど」

大学やパブリックスクール時代の寮やアパートでの話だろうか。

「美味いものは好きみたいだし、凝ったもの作りそうな顔してるのにな」

篠口は小さく笑って首を横に振るが、それはいつもの行儀のいい顔だ。ゲームセンターで一瞬、打ち解けた顔や、浅香に見せていたやわらかな表情とは違う。

あれからも何度か食事には出たが、そう簡単には気を許すつもりもないということなのか。

視線は時折、黒澤を追ってはいるが…、と店員が運んできたワインのグラスを乾杯、と合わせた黒澤は目の前の男を眺めた。


「美味かった。いい店知ってるな」

店を出ながら、黒澤は後ろの男に笑いかける。店の中で何度か思わせぶりに視線を当ててみてはいたが、普段歩いている時よりも距離を詰め、触れあうほどの位置にまで肩を並べた。

「面倒だな、家に戻るの。お前は？」

寮だっけ、と笑いかけると、篠口はおとなしげだが、すでに黒澤の意図を察しているような表情を作る。

「そうですね」

ふうん、と黒澤は唇の両端を吊り上げる。

「じゃあ、どこか泊まっていくか？」

篠口は横目に黒澤を見上げ、これまでとは種類の異なる、遊び慣れた共犯者のような笑みを見せた。

「いいですね」

そんな篠口の肩をとんと軽く押し、ビルの陰になるところで近場のシティホテルのツインルームをスマホで選ばせ、さっさと部屋を押さえる。

歩いて数分のシティホテルのツインルームにも、篠口はあっさりついてきた。

カードキーを使って部屋に入る時にも、比較的平然として見えた。

「シャワー、先に使われますか？」

どこか手慣れた口調、手慣れた雰囲気で篠口は尋ねてくる。こういった関係に妙に慣れているのは、同性愛者が多いことでも有名なパブリックスクール出身ゆえかと黒澤は思った。

実際、イギリスに赴いていた時には、黒澤の黒髪と黒い瞳が東洋系《オリエンタル》らしく神秘的でセクシーだと、何人かの同性に誘いをかけられた。いずれもパブリックスクール出のアッパークラスの男達だ。

誘いに乗ってはいないが、それっぽい相手にはやや思わせぶりな目つきと共にゆっくり笑いかけると向こうも悪い気はしないようで、何人かは色々と親切に情報を耳に入れてくれたり、便宜を図ってくれたりした。

黒澤は、イギリスで大使に同行して見学した時のパブリックスクール独特の雰囲気を思い出す。あのアッパークラスの男達を輩出した、有名校のひとつだった。イギリスのアッパークラスでは、出身大学よりも、むしろ重んじられるのは出身パブリックスクールだとも聞いた。

数百年の歴史を持つ、薄暗く重い印象の石造りや煉《れん》瓦《が》造りの建物。黒のモーニングをまとい、そんな建物の間を出入りする行儀のいい少年や青年達に通じる特有の湿度や仲間意識は、言葉では表現しがたい独特なものだった。

その時は自分とは無縁な特殊すぎる世界だなと眺めていたが、黒澤が馴染まないあの異国の閉鎖的な空間にも、篠口は自然に溶け込むような気がする。

むしろ、溶け込んだからこそ、この他にはない雰囲気なのか。

「いや、先に使え。下でコーヒーでも買ってくる」

飲むだろ、と尋ねると篠口は頷いてバスルームへと向かった。

黒澤が買い物を終えて部屋へ戻ると、ちょうどバスローブを身につけた篠口が出てくる。

洗い髪ではないが、普段より少し落ちた髪のせいか、バスローブの間から覗くなめらかな肌のせいか、いつもの優等生っぽい雰囲気とは異なる色香がある。

こういうのは、同性であっても目を引かれる。

「コーヒー、飲んでていいぞ」

篠口の分も買ってきたコーヒーを指し、黒澤もバスルームへと向かう。

自分に男が抱けるのかと考えたことはあるが、実際に同性相手の経験はない。

今日は、それを一度試してみたいと思っていた。

シャワーを使って出ると、篠口は窓辺の椅子に腰かけ、コーヒーを手に海外ニュースを見ていた。

腰にざっくりバスタオルを巻き、濡れ髪をタオルで拭きながらそんな男のすぐ側まで行くと、黒澤は黙って見上げてくる篠口の手からコーヒーを取り上げる。

顎をすくうと、篠口の形のいい唇が薄く笑いの形を作る。

身をかがめて唇を合わせると、篠口の腕がゆっくりと黒澤の首を抱いた。

舌を探り合い、何度か上顎を舌先でくすぐると、伸ばされた腕が黒澤の首筋や髪、耳許を愛撫《あいぶ》してくる。

女性的なところはないが、清潔感があって甘めのやさしげな容姿のせいか、キスにも愛撫にも、生理的な嫌悪はない。

むしろ、この男が性的に乱れればどんな顔を見せるのだろうと、指先で耳の裏から首筋、うなじと辿《たど》ってみる。

唇を離すと、篠口は魅力的な目を見せる。

「黒澤さんは、キスが巧《うま》いんじゃないかと思ってました」

「お前、おとなしそうな顔の下でそんなこと考えてたのかよ」

へぇ、とその腕を引くと、篠口は抵抗することもなくベッドへと腰を移す。

時々、篠口の視線が自分を追っているのは知っていたが、そこまであからさまに打ち明けられるとは思わなかった。そのわりに悪い気はしないが、これもピロートークの一種なのか。

そのままベッドの上でキスを続ける合間に、篠口は低く尋ねた。

「男は何度か？」

「いや、お前が初めて」

答えると、篠口は黒澤の胸許に手を当て、目を合わせたまま微笑んだ。

「じゃあ、僕、しましょうか？」

こういう男だとは…、と黒澤も唇の両端を上げる。

「いいな」

思っていた以上に性的にゆるい上、自ら積極的に楽しむタイプらしい。普段の上品な容姿とは裏腹な、面白いぐらいに別の顔を持っている。

畠が育て方と本人の割り切り方次第だと言ったのにも、確かに一理ある。

「それ、使ってもかまいませんか？」

ベッドに腰かけた篠口は、黒澤が買ってサイドテーブルに置いた薬局の紙袋を視線で示す。シャワーを使う前に開封はしておいたので、ぬかりなく中身は確認したのだろう。

「使えよ」

いったい何をしてくれるんだと笑う黒澤の胸筋を手のひらでゆるやかに撫でながら、篠口は紙袋のローションを取り出した。たっぷりと手に取り、いくらか温めてからみぞおちのあたりに触れ、ゆらゆらと思わせぶりに臍《へそ》のほうまでローションを塗りつけてゆく。

この焦《じ》らし方ひとつ取っても、この男の経験値がわかるというものだ。

篠口はちらりと上目遣いに黒澤を見たあと、黒澤の腰を覆っていたバスタオルを横にずらした。まだやわらかな形のものを、ローションに濡れた手でそっと握りしめてくる。それは絶妙な力加減で、ローションのぬめりと手のひらの温かさをはっきりと意識させられた。

手入れの行き届いたしなやかな手だが、同性なので女の華奢《きゃしゃ》な手とは異なって、黒澤ほどではないがそれなりに大きい。その手が、長い指が、やんわりと蠢《うごめ》きだす。

激しくはないが、どんな指の動かし方をしているのかと疑うほどに巧みな指使いに、あっという間に快感が引き出されてゆく。その間も、篠口のもう片方の手は黒澤の首筋や鎖骨、胸許、胸筋、わき腹と思わせぶりに這《は》う。

「お前さ…」

笑いながら重ねた枕に身を預けていた黒澤も、篠口の手の中でどんどん形を変えてゆくものに、さすがに少し眉を寄せて息を詰める。

プロはまだ相手にしたことはないが、それなりに女性経験はある。だが、多少、遊び慣れた女達とはまったく段違いのテクニックだし、はたしてプロでもこんな指使いができるものだろうかと疑ってしまうほどに男の快感のポイントを知り尽くしている。

すでに篠口の手の中に収まりきらないほどに形を変えたものをなめらかに扱《しご》きながら、男はゆっくりと顔を伏せた。

「…っ…！」

ぬらりと一気に温かな喉奥まで含まれ、黒澤はあやうく声を上げそうになり、慌てて篠口の髪を引きつかむ。

前髪をつかまれた篠口は、上目遣いに黒澤を見上げながら、まだ舌先で黒澤の形をなぞり上げている。

その淫靡《いんび》な表情と、知的に整った顔からは想像できない口技の淫らさに黒澤は喉奥で笑った。

「…お前、すごいな…」

僕がしましょうか、などと大言を吐くだけはある。

篠口は黒澤のものを横から食《は》むように軽く噛み、舌先で横あいを、つぅっ…、と思わせぶりに辿ると、どこか淫蕩《いんとう》な薄笑いと共に尋ねてきた。

「…続けても？」

「いいよ、続けろよ」

男同士がどれほどのものかなどとは完全に侮っていたなと、黒澤は再び顔を伏せた篠口の頭に手を添え、その髪やうなじを撫でてやりながら思った。

嫌悪感などまるでない、むしろ、どこか黒澤自身を舐め食むことを楽しんでいるような表情で、篠口は頭を上下させる。歯や舌がどう肉茎に当たり、どういう風に口中で締め上げれば快感が生まれるのか熟知した動きだった。

熱く狭い喉奥にグッと締め上げられると、腰が浮くような比べ物にならない心地よさがある。

勃《た》ち上がったものを完全に喉奥までは含みきれないようだが、その分、太腿《ふともも》から根本あたりにかけて、ローションに濡れた手がゾクゾクするほど淫猥《いんわい》な動きを見せる。

「やばいな…」

黒澤は奥歯を噛みしめ、唇を舐めた。

骨格のせいだろうが、男と女とでは喉の奥行きがまったく違う。篠口も無理のない力で喉を開いているのだろうが、これまでにないほど喉奥深くに含まれ、弾力のある熱い粘膜に締め上げられると、勝手に腰が動きそうになる。

うかうかしていると、あっという間に持っていかれてしまいそうだった。

「おい、無理しなくていい」

腰が揺れるほどに気持ちはいいが、一方的に喉を突くような真似《まね》はしたくないと、黒澤はやんわりと篠口の前髪を握りつかむ。

強引さのあるプレイと、無理矢理力尽くで押さえつけ、性欲に任せて蹂躙《じゅうりん》するのとは、似ているようでまったく異なる。

相手をギリギリまで追いつめるのは好きだが、強制性交となると話は別だ。考えただけで気分が悪い。

「お前が本当に巧いのは、わかったから」

息を弾ませ、眉を寄せた黒澤の反応に満足したのか、篠口は目許で笑うと黒澤自身を少し浅く咥《くわ》え直した。

今度は逆に先端を中心に歯による軽い甘噛みと舌技、ローションに濡れた手の中で黒澤を根本から焦らすように弄《もてあそ》ぶ愛技へと移る。

「…本当に」

黒澤は苦笑しながら、額に落ちた髪をかき上げる。ここまで相手にテクニック面で翻弄されるのは初めてだった。

女とは勝手が違うとはいえ…、と黒澤は篠口の耳許から髪、うなじへと撫でる。

男としてのプライドはあるが、与えられる快感はこれまでの相手とは桁違いだ。

「嫌だったら、嫌だって言えよ」

黒澤は篠口の頬から顎のラインを指先で撫でると、身体を起こして篠口の顎を少し開かせ、形のいい唇へと先端を含ませる。

黒澤の求めに応じるように四つん這いとなった篠口は口をゆるく開き、逆に舌先で包み込むように黒澤を咥え、濡れた音と共に顎を前後させる。

バスローブで篠口の男性的な身体のラインが見えないせいもあるだろうが、その技巧とあまりに淫らな音や表情に煽《あお》られ、最初は軽く腰を動かしていただけの黒澤も徐々に余裕がなくなってくる。

「…はっ…」

篠口の顎下に手を添え、完全には押さえこまないように気をつけながらも、こいつは…、と黒澤は小さく舌打ちする。

「おい…、ちょっとまずいから離せよ」

下腹に急速に重苦しく張《みなぎ》ってくる感覚に、篠口の動きを抑えようと前髪を軽くつかむ。

「お前だって、顔にぶっかけられたくはないだろ？」

好き好きだが、相手の顔を汚して楽しむ趣味はない。

だが、篠口はちらと上目遣いを見せただけで逆に唇の締め付けをきつくし、顔をいくらか傾けるようにして、信じられないような舌使いを見せる。

「…おっ前…っ」

勝手にしろと黒澤は低く息を吐くと、熱く濡れた口腔《こうこう》を堪能するべく、もう手加減抜きに腰を使いはじめた。

「…ー…っ！」

頂点を目指して荒々しく腰を揺らすと、すんでのところで篠口は黒澤を口中から抜き取り、先端だけにゆるく唇と舌先とをあてがいながら、根本から強く手を使う。

「…い…っ…、く…っ」

喘《あえ》ぎと共に、そのやわらかな舌先に導かれるように精を放つ。

篠口は迸《ほとばし》った白濁から、絶妙なタイミングで唇をずらした。顔を逸《そ》らした篠口の手のひらと首から鎖骨、胸許あたりに、次々と黒澤が放ったものがかかる。

男は嫌な顔ひとつ見せることなく、黒澤をゆるやかに扱き、最後の一滴まで手のひらに受けた。

恐ろしいほどの口技に翻弄された黒澤は、深く大きく息をつきながら、つかんでいた篠口の前髪を離す。ここまで我を忘れかけたのは、本当に初めてかもしれない。

「お前…、まったくとんでもない男だな…」

かたわらに追いやっていたバスタオルを引き寄せ、ゆっくり身を起こす男の汚れた首許や胸のあたりを拭いてやりながら、黒澤は呟いた。

最後の方は自分でも余裕をなくしかけた自覚はあり、軽い敗北感がある。男同士だと、こういう感覚もあるのだなと、不思議な感慨すら覚えた。

篠口は色めいた目で薄く笑うと、ベッドサイドのティッシュを取り、いくらか舌先についた精液を吐き出す。淫靡《いんび》だが、そんな仕種も下品には見えない男だった。

黒澤は腕を伸ばし、サイドテーブルに置かれていたミネラルウォーターを開けると、ひと口呷《あお》り、篠口へと手渡した。

篠口がいくらか飲むと、黒澤はそれを取り上げ、低く息をつきながらサイドテーブルの上へと戻した。

「来いよ、お前の番だ」

「別に無理はしなくても…、僕も楽しみましたし…」

篠口は崩れかけていたバスローブの襟許を直す。

確かに黒澤のものを咥えること自体も好んでやっていたようだが、一方的に射精しただけで終わらせる気はない。

人を射精に至るまで翻弄しておいて、つらっと涼しい顔を見せるこの男に意趣返しはしたい。

「いいから、こっち来いよ」

黒澤が篠口の腕をつかみ、引き寄せる。

まだ濡れた唇を舌先で少し辿ると同時に、バスローブの合わせに手を入れる。

肌は温かくなめらかだった。きれいに乗った胸筋を撫で、ゆっくりと腹部、脇と手を這わせてゆくと、わき腹のあたりで男は小さく身じろぎする。

わきから背中にかけてが弱いらしく、わずかに目が泳ぎ、息が乱れる。

黒澤はローションを手に取り、その指先を鎖骨に添って横へ滑らせると、そのまま胸の上に手を置いた。濡れた感触と冷たさにか、さらに身じろぐ男に尋ねる。

「…冷たい？」

「ええ…」

そのまま手を胸許に押しつけるようにしてローションを温めながら、黒澤は尋ねた。

「どこまでしていい？」

「どこまでって…？」

バスローブの裾をはぐり、人肌に温まったローションを内腿の付け根近い場所へと置く。下着をつけていないらしく、指を滑らせると鼠径部《そけいぶ》に直接触れた。

脚の間に差し入れた手を、すっと奥へと動かした黒澤の意図に気づいたのか、篠口は黒澤の腕を握りつかむ。

「後ろはあまり…」

ふーん、と黒澤は男の顎を捉えて上向かせ、喉許に口づけながら尋ねる。

「試していいか？」

軽く喉仏のあたりに歯を立てると、篠口の喉が小さく震えた。

喉許に歯を立てられるととっさに声は出ないのだろうが、返事がないのを承諾と捉え、黒澤は男の身体を背後から抱え込み、ベッドの上に抱き直す。身長差は五センチ程度だが、骨組みは黒澤よりひとまわり細く、腕の中に収まった。抱き心地はしなやかで、悪くなかった。

内腿を思わせぶりになぞり、ローブの陰で勃ち上がっているものをやんわりとつかむ。黒澤ほどではないが、それなりの形とサイズだった。だが、うっすら赤味を帯びたものには嫌悪は覚えない。

「お前、こんなところまでおきれいな形してるな」

濡れた手で勃ち上がったものをゆっくりと撫でてやると、篠口が腕の中で小さく笑った。

「強すぎたら言えよ」

指の動きに緩急をつけながらささやくと、篠口は頷き、自らもそっと黒澤の手に手を重ねてくる。

「もう少し強くても…」

いつもよりくぐもった声が艶っぽい。

「これぐらい？」

逆に篠口自身に直接握らせてやって、耳許にささやきこみ、その手に手を添えるようにして自慰を促す。

黒澤の声が刺激になったのか、篠口はゾクリと背筋を震わせた。

このお上品な容姿の男が、腕の中で自らを慰める姿は逆に猥《みだ》りがわしくてそそる。

部屋に篠口の吐息とローションの濡れた音とが響く中、黒澤は篠口の手に手を添えながら、首筋やうなじ、開いた肩口と口づける。耳の後ろからうなじにかけて舌先を這わせると、時々、小さく声が詰まる。

「…っ」

「そのまま続けろ」

内腿を思わせぶりに撫で、陰嚢《いんのう》を手のひらの中でゆるく弄び、さらに濡れた手で会陰《えいん》へとなぞってゆくと、篠口がかすかに声を上げ、黒澤の腕を押しとどめようとする。

「ここな…」

ささやかな抵抗は無視して、うなじに唇を押しあてたまま何度か会陰部を指先でなぞると、篠口の身体が腕の中で傾《かし》ぐ。

「…ぁ…」

「手、止めるなよ」

「…でも…」

「…お前も気持ちいい方がいいだろ？」

「待ってくださ…」

女よりもかなり前の位置にある窄《すぼ》まりを、ゆるりと指先でなぞると、篠口の腰が小さく跳ねる。

感度は悪くないなと、前へのめりがちな篠口の身体を逆に横抱きにベッドの上に押さえこみ、黒澤は男の脚の間に自分の足を割り入れ、膝を開かせて抵抗を封じる。

「しーっ…、前触るのは、もう終わりか？」

徐々に円を描く指先へと力をこめてゆくと、篠口は何度か腕の中で頭《かぶり》を振る。

「やめ…、ぁ…」

膝を開いた不安定な姿勢だと、下肢に力を入れきれないのか、潤滑剤特有のぬめりをまとった指先が狭い窄まりの中へと沈み込む。液状の潤いのせいか、思ったよりも指は深くまで入り込んだ。

「ぁ…、あ…」

少し仰《の》け反《ぞ》った身体を腕に捉え、ゆっくりと忍ばせた指を動かす。

「…っ、…く…っ」

熱くて狭い内側をゆるゆると探ると、篠口は整った眉を寄せ、声を嚙み殺す。

「声殺すなよ」

黒澤はシーツの上を滑る篠口の爪先を目の端に捉えながら、その喉許に軽く歯を立てる。

「…っ」

まさぐると篠口の背筋や爪先が攣《つ》り、内側がクッと黒澤の指を締め上げる箇所がある。

「…ぁ…」

「そうだ、いい子だ。イイところ、教えろ」

ささやきながら、耳朶《じだ》を舌先でなぞり上げた。

「んっ…」

篠口の首筋や胸許がうっすら上気し、肌が汗ばむ。爪先は何度も反り返る。

「そこは…、…ぁ…」

嫌だと、呻《うめ》く篠口の声は言葉とは裏腹に糖度をはらむ。

「指…、抜いてくださ…っ」

「おかしくなるからか？」

入れ込んだ指に添わすようにさらに指を二本に増やして低く尋ねると、篠口は何度も首を横に振る。

胸許が大きく上下し、黒澤の腕をつかむ手が大きく震える。

「ここな、すごい濡れた音するの、聞こえるだろ？」

姿勢を入れ替え、仰向《あおむ》けに押さえつけて耳にささやきこむと、篠口は歯を食いしばっては喘ぐ。

壁に響く濡れた音が、蕩《とろ》けるように変わりつつある。

「…ぁ…、あっ…」

時々、声が上擦り、ふわりとした甘く濡れたファルセットになる。

「俺、お前のその声、嫌いじゃないな。すごくくる」

篠口は首を振り、悔しげに唇を噛む。

快感なのか、口惜しさなのか、その目に薄く涙が浮いている。

「声出せよ、なぁ」

ぐっ…、と強情な男は声を呑み込む。だが、喉奥から殺しきれない細い声が、吐息と共に洩《も》れる。

臍につきそうなまでに赤く張りつめたものが、震えながら揺れている。

「…っ、…んぁ…っ」

抉《えぐ》ってやると、ひっ…、という小さな喘ぎと共に腰が跳ね上がる箇所がある。そこを集中的に内側から指の腹で擦《こす》り上げてやると、色づいた篠口の先端から透明な雫《しずく》が滴《したた》り溢《こぼ》れる。

同性ゆえに、ここまで感じているところを続けざまに煽られると、逆に辛《つら》いのは痛いほどにわかる。

「ぁ…、いかせ…」

必死な様子で自分を慰めようとする手を、黒澤はなんなく腕で押さえこむ。

「…何…!?」

「お前ん中、入っていいか？」

篠口は怯えたような、悔しげな、なんとも言いがたい顔を見せた。

「いや…です」

篠口は喉奥で細く喘ぐ。見た目のソフトさよりも、はるかに強情な男だ。

「ここ、こんなになってるのに、まだ嫌だって言うかよ」

黒澤は篠口の中に押し入れた二本の指を煽るように動かし、前立腺をダイレクトに押し上げる。

ひっ…、という喉声と共に、篠口は黒澤を押しとどめようとする。

「あっ、あっ、あっ…」

高く上擦った声は、もう言葉にすらならないようだ。

その艶《なま》めいた声を上げる唇に、黒澤は唇を重ね、舌先を深く吸い上げる。

なんとしても交情を遂げようとする黒澤をなだめるためか、篠口は荒い息の間で懸命にキスに応える。技巧を弄し、黒澤を満足させて終わらせてしまいたい意図が透けて見え、よけいにそそられた。

逆にその形のいい頭を捉え、深く追いつめるように口づける。下肢を重ね合わせ、固い腹部と勃ち上がったものを押しつけ、緩急をつけて刺激する。

さっきまで使っていた潤滑剤があからさまに濡れた音を立てた。

それに加えて、篠口の中に差し入れた指を大胆に動かしてやる。下肢に力が入らなくなってきたのか、時折、指が内部に吸い込まれるように動く。

「…はぁ…っ、ァ…、ぁ…っ！」

前後を同時に刺激されると意識が飛びかけるのか、黒澤に抗《あらが》う舌先から力が抜け、身体の芯が力なく揺らぐのがわかる。

「…いいだろ？　なぁ？」

キスの合間に尋ねると、胸許を大きく喘がせながら、篠口は観念したのか無念そうに目を伏せ、消え入りそうな声で呟く。

「…いつか、殺してやる…」

今の本音なのだろうが、同衾《どうきん》した相手にベッドの上で殺してやるなどと言われたのは初めてだと黒澤は笑った。

このプライドの高さと強情さは、かなりのツボだ。

それに普通では絶対に聞けないようなこの上擦った甘い声と、悔しげな表情とは裏腹の必死に快感をこらえる顔。

女でも、なかなかここまでツボにはまる相手はいない。むしろ、こうまですべてを暴いてやりたくなった相手は、初めてかもしれない。

篠口は自分からベッドに手をつき、気怠《けだる》そうにゆっくり身を捩《よじ》り、黒澤に背を向けるように体勢を変えた。

この体位の方が楽だからという理由ではなさそうだと、手早くゴムを装着した黒澤は篠口の身体にまだまとわりついたままのバスローブを大きくまくり上げる。そして、肩口にかかったローブを剝いで、首筋から引き締まったきれいな背中を露わにした。

仰向けられ、正常位で押さえつけられるのは屈辱なのか、それとも不本意な行為で感じている顔を見られずにすむようになのか…。

おそらく、どちらもだ。

日焼け知らずの腰を捉え、鼠径部から会陰にかけてゆらゆらと思わせぶりに先端でなぞりながらローションを足してやると、冷たい刺激に小さく息を呑むのがわかる。背筋の窪《くぼ》みをローションに濡れた指先で辿ると、哀れなほどに背中が細かく震えた。

「よけいなこと…を…っ」

無駄に触るなと言わんばかりの憎たらしさに、その背中に覆いかぶさるようにして軽くうなじのあたりに歯を立てる。

「んっ…ぅ…」

無理矢理だったとは言わせないと甘噛みし、かすかな刺激にもぶるぶる震える背中を抱き、脇から胸にかけてをくすぐる。乳頭をつまむと内腿が痙攣《けいれん》する。

濡れほぐれた箇所に指を差し入れて、ゆるやかにかきまわすと、また甘い声が上がる。

「なぁ、気持ちいいことは嫌いじゃないんだろ？」

指先を引き抜き、自らをあてがいながら、黒澤は抱いた背中に低く尋ねる。

「ん…ぁ…」

あ…、あ…、と先端で濡れた箇所をゆるく突くたびに、抱えた腰がくねるように動く。逃れたいのか、受け入れたいのか。

「ゆっくり息吐け」

背筋をまたゆらりとなぞり、さらにその手で下腹を撫でてやる。

「んっ…」

張りつめた今はどこに触れられても感じるのか、身体の下でまた細かく背中が揺れた。

じわじわと先端を押し入れると、途中までは思ったよりもスムーズに、むしろ呑み込まれるような感覚があった。そのあと、信じられないような締めつけがある。

「胸まで息を吸って、そう…」

「…ぁ、あ…」

呑み込まれたところまでを、ローションの潤いで何度かゆるやかに突くと、小さな喘ぎと共に腰が浮き、揺れる。

「はっ…、…っ、…っ」

不安定な姿勢で強情なまでに声を噛み殺すが、何度も同じ箇所を突いてやると、背中がうっすらと汗ばみ、上気してくる。

次第に声も殺せなくなったのか、甘い喘ぎが盛んにこぼれる。

「やめ…、やっ…、ぁ…っ」

どんな顔でこの声を洩らしているのかと、黒澤は伏した篠口の肩をつかみ、片腕を引いた。

無防備にゆるんだ表情を隠そうと、篠口は首をひねる。

「見せろよ、顔」

さらに腕を引き、伏していた身体を横向きに押さえつける。

篠口は抗うつもりか、黒澤のつかんだ腕を何度か肩ごと振ったが、ほとんど意味のない抵抗だった。

「見る…な…」

細い声でなおも強情に赤らんだ顔を伏せようとするので、いったん身体を引く。

逆につかんでいた手を離し、片脚をひねるように膝ごとすくい上げ、太腿を横抱きに抱え上げると、伏していた身体は横向きに簡単にくずおれてしまう。

力を失った下肢に再度あてがうと、ゆっくりだがさっきよりもはるかに深く、黒澤自身が沈み込む。

「あぁっ…！」

ゆるやかに熱い内部を抉ると、あまりに艶《なま》めいた声を上げるので、黒澤の方までゾクゾクしてくる。

ほとんど陥落しているくせに、信じられないほどに強く黒澤を喰い締めてくるくせに、まだ何かを譲ろうとはしない。

「お手軽な快感には簡単に乗るくせに…」

「ひっ…、ぁ…っ」

シーツを握りしめ、必死に快感に耐えようとする。黒澤が動くたびに泡を嚙む。

「意識を飛ばすのは嫌なのか？」

いや、違うか、と黒澤は動きを止め、篠口にひと息つかせる。

自分を最後まで晒《さら》してみせるのが、一番弱い部分を譲るのが、恐ろしいのかもしれない。

その感覚は、男ならわからないでもない。

「なぁ…、こっち向けよ。そのままだと、辛いばっかりだろ？　ちゃんとやさしくするから、上向けよ」

篠口は涙混じりに首を横に振ったが、黒澤が腰を引き、いったん中から抜け出ると、小さく呻いただけでもう抗わなかった。

腰のあたりにわずかにまといついただけのローブをはらいのけ、一糸まとわぬ姿に剝《む》いてから、その身体を上向ける。

「大丈夫だ、いい子にしてろ。悪いようにはしないから」

篠口は片手で顔を半ば隠しながら、涙目でぼんやりと黒澤を見上げてくる。

「つかまってろ、その方がシーツつかんでるよりも楽だから」

顔を覆っていないほうの腕をゆるく黒澤の首へとまわしてやり、開いた両膝の間に身体を進める。

あてがってさらに腰を送り込むと、やわらかい抵抗のあとに熱い粘膜にぬるりと押し包まれる。

黒澤は乾いた唇を舐めた。

「…ん…ぅ…」

沈み込む黒澤に呼応するように、組み敷いた胸許が喘ぐ。

もう抵抗する気力はないのか、肩に縋った篠口は黒澤に脚を抱え上げられるまま、ただ喘ぐ。

幾度か腰を送り込むと、半ば以上が篠口の中に沈み込んだ。

「…ぁ、…ぁ…」

奥深くを突かれるたびに、無防備な細い声が洩れる。

熱く、きつく喰い締める粘膜は、時折、中へと誘い込むようにも動く。直接に味わえないのが残念なぐらいだと、黒澤はもう顔を覆うこともできなくなった篠口を押さえこんだ。

快感か、不快感なのか、表情も取りつくろえない篠口が、上擦った声と共に眉を寄せている。それでも、強く反りかえったものは揺れながら黒澤の下腹を打つ。

黒澤は笑ってそんな篠口自身を握りしめてやった。握ったものは、限界が近いのか、手の中でさらに強く張りつめる。

「…さわ…るな…」

悔しげな喉声も、動きと共にゆるく扱き上げてやると、甘えたような嬌声《きょうせい》に変わる。

そんな自分の声に気づいているのか、いないのか、黒澤の肩に縋った篠口は何度も首を横に振った。

「もう…、もう…っ」

爪先や内腿、わき腹が細かく痙攣している。

握る力を強めてやると、篠口の身体が大きく腰から仰け反るような動きを見せる。

「いいぞ、…いけよ」

「…あ…、あ…っ」

艶めいた声と共に、組み敷いた身体が突っ張り、幾度もぶるぶると下肢が震えたかと思うと、手の中に握りしめたものが爆《は》ぜた。

信じられないぐらい強い締めつけを見せる男の身体に自身も息を荒らげながら、黒澤は細い声を洩らす男のものをゆるく撫で、射精を手伝ってやる。

「…ぁ…、ぁ…」

抱いた身体が腕の中で徐々に弛《し》緩《かん》してゆく。

「…気に入ったな」

下肢を広げられたままの姿で大きく喘ぐ篠口の白い下腹に、汚れた手で爆ぜたものを塗り広げながら、黒澤は薄く笑う。

案外、思っていたより他人の精液にも抵抗がなかった。それとも、清潔感のある淫らさを持った、この男だからか。

姿勢を変え、篠口の脚を抱え直した黒澤に、ぐったりしかけていた男は信じられないような目を向けてくる。

「…もう、無理です」

「どうかな？　まだいけるだろ？」

いくらか力のない四肢が抗ったが、黒澤が腰を数度送り込むと、小さな呻きと共に一度脱力しかけた身体の奥が黒澤を締めつけてくる。

「も…抜け…、ぁ…」

抗議の途中で再び甘く上擦った声が上がり、とっさに篠口の腕が黒澤の首に縋ってくる。

ゆらゆらと腰を揺らすと、濡れて充血した粘膜が黒澤の動きに応じて締め上げてくる。

さっきよりもいいぐらいじゃないかと、黒澤は甘く濡れた声を洩らす男を押さえこんだ。


シャワーを浴びた黒澤は、ベッドの上で眠る篠口の汗や潤滑剤で汚れた身体を、湯で絞ったタオルで拭う。

首筋、腹部、腕と拭いてゆく途中で、篠口はぼんやりと目を開けた。自分の身体を拭うのが黒澤だと気づいたようで、手を貸してやるとゆっくり身を起こした。

まだどこか放心したような男に、黒澤は声をかける。

「シャワー、浴びられるなら浴びてこいよ」

ぐしゃぐしゃになっていたバスローブを肩に着せかけ、立ち上がるのにぐらつく身体を支えてやろうとすると、気に障ったのか、思わぬ力で腕を押しやられる。

殺してやるという発言もだが、寝た相手にこんなに気のない反応を見せられたのも初めてで、黒澤は今にも膝をつくのではないかというほどおぼつかない足取りでバスルームへと入ってゆく意固地な男に失笑する。

楽しんではいたはずなのにな、と最後、下手な女など及びもつかないほどに甘えたファルセットで、黒澤に四肢を絡みつかせ、腰を揺らしていた男を思う。

最初は黒澤を手玉に取ったようでいて、事実、黒澤を途中で慌てさせるほどに奔放な性技を見せていた男だ。組みしだかれて女のような声を上げるのは、男としての沽券《こけん》にかかわるのか。

俺は堪能したけれどな…、と黒澤はすっかり満たされた征服欲に、ごろりとベッドの上に転がる。

可愛げのあるのは意識を飛ばしかけた時だけなのかと考え、無茶な仕事を振られて眉を寄せている時も、あれはあれで面白いかと思った時だった。予想よりもはるかに時間をかけてシャワーを終えた男が、濡れ髪のままでローブを羽織り、出てくる。

身を起こした黒澤に目を向けることもなく、篠口は乱れたままのもう一つのベッドにこちらに背を向けて転がった。

同衾した相手に対し、こんなふてくされた態度があるものかと、黒澤は半ば呆《あき》れ、半ばはこの男に同情する。

自分だって、軽い遊び程度に考えていた相手に、一方的に突っ込まれて喘がされれば腹も立つ。

実のところ、黒澤が強引に最後まで篠口に応諾させたのは、最初に翻弄されかけた意趣返しだ。

イエスと言うまで追いつめたのは、単に自分が合意のないセックスが嫌いだからだ。

愛情といった厄介な気持ちが伴わないだけに、本当に雄同士のプライドの問題で、体格のよさと体技に長けた分、黒澤に利があっただけの話だ。

「悪かったな、無茶して。ずいぶん遊んでるような口ぶりだったから、俺も調子に乗った」

言葉を飾る気はない。飾っても一緒だ。

実際、経験値だけなら、イギリスで無節操に遊んでいたらしき篠口の方が多いぐらいかもしれない。篠口もそう踏んでいたように見えた。

「僕だって…」

思わずして、篠口が応じた。

断続的に声を上げて喉を痛めたらしく、いつものソフトな声が嗄《か》れかけている。

「…僕だって恋人がいれば、…本当に気持ちの通じ合った相手がいれば…、遊んだりせずに誠実でいますよ」

まるで、これまで本当に気持ちの通じ合った相手というのがいなかったような口ぶりだ。

じゃあ、あの大事な宝物のように甘やかすような目を向けていた同僚は何だと、黒澤はベッドから下りた。そして、鞄《かばん》にしばらく突っ込んだままになっていた煙草《たばこ》とライターを取り出す。

そんな言い分だと、初めての恋に焦がれる男のようじゃないか…、と煙草に火をつけ、黒澤はひとり掛けのソファーに脚を投げ出して座る。

ひと息吸い、吐き出した煙を仰いでいた黒澤は、そのまましばらく目を細め、思いを巡らせる。

そして、ああ、こいつは…、と黒澤はくゆる煙草を手に篠口の背中へと視線を移した。

浅香の線を押さえれば、それをネタに強請《ゆす》ってやれば、この男は間違いなく黒澤の手足となって動く。動かざるを得ない。それぐらい、あのまっとうな同期に入れ揚げている。

尋問官や懐柔要員、そして場合によっては、ハニートラップ系の汚れ仕事すら引き受ける非合法な捜査員としてすらも使える。

この男の頭のよさと優形の見かけ、そして、それらとは裏腹の性に関する奔放さは、色仕掛けにはうってつけだ。

それにこの嫌味のない見た目なら、生理的に受けつけないという人間はまずいない。実際に関係を持たなくとも、思わせぶりな態度を見せるだけで釣れる人間は、男女を問わず少なくないはずだ。

捜査員として抱き込めという外事部長の指示は問題なくクリアできるし、本当のところはそういう部下がいた方が黒澤にとっても楽だ。

馬鹿《ばか》だな、お前…、と黒澤は二口ほど吸った煙草を、灰皿で揉《も》み消した。

自分がどれだけの弱みをおめおめと晒してしまったのか、まだ気づいていない。

頭は悪くないのですぐに悟るだろうが…、と黒澤は消した煙草から薄く立ち上る煙をしばらく目で追う。

だが…、と黒澤は薄く笑った。

そんな愚かな恋は嫌いじゃない。

頭がいいくせに、そして、同性同士の肉体関係に関するハードルは低いくせに、想《おも》い人をただただ甘やかそうとするロマンチックな感傷を胸に抱いている。

そんな繊細さ、純粋さを、汚してしまうのは惜しいと思うのは、黒澤の勝手だろうか。

汚れ仕事をさせれば、頭のいい分、割り切ってスレてしまうのは簡単だろう。だが、そうするとこの男はますます、自分の中で一番大事な浅香への恋を遠ざける。

黒澤は立っていって、スクリーンカーテンを半ばまで上げ、窓を開けた。ストッパーのために十センチまでしか開かない隙間《すきま》から、すうっと夜気が入ってくる。

薄く窓を開けた黒澤に、いつのまにかこちらを向いていた篠口は怪訝《けげん》な顔となる。

「…どうしました？」

「いや…、煙草は苦手だろ？」

篠口は小さく笑った。

「寮では皆、吸ってますよ」

個人的に好きとも嫌いだとも言わない行儀のよさが、かつて自分の心を捉えた相手を思わせる。

黒澤は消した煙草を手に、しばらく考え込む。

「フロアでは煙草を吸われるところを見ませんでしたが…」

「なくても困らない。臭いも残るしな。ただ…、煙草を指に挟んだ時の感覚と、煙かな…、欲しいのは」

煙草の臭いは、人にかなりの印象を残す。特に煙草を吸わない人間にとっては、十分なインパクトだ。すれ違うだけでわかる。煙草だけではなく、フレグランス系も基本的に仕事中はつけない。

もし、何か香りの残るものをつけるとしたら、現場に出ない上席になった時だろう。

ただ、考えを取りまとめたい時、くゆる煙を目で追うのは好きだ。

煙草を吸うというよりも、指先に煙草独特の感触を得て、ゆらぐ煙を視線で追っている。

その時々で生き物のように淡く広がったり、細くゆらゆらと立ち上ったりする煙だ。

そう長い時間ではないが、考え事には向いている。

「まぁ、ペンと線香でもいいんだが、煙草だと両方兼ねてる」

線香だと抹香臭くて気が散るか…、という黒澤の呟きに篠口は薄く笑う。

「喉が渇いた」

黒澤は煙草を置いて立ち上がると、さっき開けたミネラルウォーターを手に取り、未開封の一本を篠口に手渡した。

その間、すっと篠口の視線が自分を追う。

「俺はお前の好みのタイプなのか？」

ソファーへと戻りながら、黒澤は尋ねる。

「黒澤さん、見た目に素敵ですから。よく言われませんか？」

言葉ほどの熱は感じない声で、篠口はおだやかに応えた。本当に、惹かれているのはただ見た目だけだと言わんばかりだ。

黒澤は苦笑した。

ただ、篠口の場合は声質がソフトで聞き取りやすいので、悪い感じはしない。

見た目のよさは昔から心得ている。子供の頃から女性への受けがいいのは意識していたが、中学の美術の時間、教師の指示に従い、鉛筆で顔のパーツを図った時に自分の顔立ちのよさはバランスのよさによるものだと気づいた。

美術部の女子が卒業文集に同じ班全員分の似顔絵を描いてくれた時、黒澤君の顔は男前すぎて特徴がないから難しいという言葉に、クラスメイトの何人かが同意した。

顔がいい、背が高い、手足が長い、スタイルがいい、目を惹いて目立つ…、いずれも昔からよく言われてきたが、逆にそれだけを周囲に強く印象づけ、『色男』という枠の中に黒澤という個性を隠してしまうことも可能なのだと認識したのは、公安の工作部隊用の講習を受けた時だ。

「何だろう、お前、最初とは少し印象が違うな」

篠口は薄く笑う。

「猫をかぶってましたか？」

猫をかぶっていたというのとは違うが、こんな返しは好みだ。

本当のところは、黒澤の言う意味がちゃんと理解できているらしく、篠口は目を伏せたまま、横顔で低く言った。

「日本だと、相手を探しづらいんです」

ゲイ同士の出会いを探す場所がないわけではない。今は昔と違って、出会い系サイトもある。ただ、いわゆるハッテン場やゲイバーと呼ばれるような場所は当然公安は把握しているし、肩書きがありながらもその手の場所に出入りするような人間は特にマークしている。

ネット上のやりとりもそうだ。あまりに大量の情報なので、普段は淡々とデータを蓄積しているだけだが、公安が本気で絞り込もうと思えば、ＳＮＳだろうと何だろうと足がつく。今は現場での決定的な証拠となる監視カメラもある。

篠口が公安に来るまで、どれだけそれを把握していたかは知らないが、実際に目の当たりにした今となっては公安の握る情報量に恐れおののいていることだろう。

「好奇心から聞いてもいいか？」

応諾なのか、篠口は黒澤に視線を戻し、ゆっくりと瞬《まばた》いた。

「ゲイって、不特定多数と関係して平気なイメージがあるけど、お前は？」

浅香をこの上なく大事にしているのはわかるが、そのわりには経験も豊富そうで、簡単に黒澤の誘いに応じたりと貞操観念がない。女でも篠口のようなタイプは一定数いるのだろうが、あまり一般的ではない。

「人それぞれです。僕だって、決まった相手がいるなら大事にしたい」

多分…、と篠口はつけ加える。

さっきの浅香への恋心を裏付けるようなものだ。だが、この不安定さ、バランスの悪い危うい印象は、精神《メンタル》と肉体《フィジカル》との間でバランスが取れていないからなのか。

それとも、最愛の相手である浅香がいたって健全なノーマルで、いくら焦がれても望みがないのか。

性格はよさそうな男だったので、案外、すでに結婚の決まった相手や学生時代からつきあっている相手でもいるのかもしれない。

「普通に男女間でもそうでしょう？　パートナーがいても平気で何人もの相手とつきあえる人間もいれば、気持ちがかなわなくても、ずっとひとりを想い続ける人間もいる」

篠口は歌うように言うと、逆に問い返してきた。

「黒澤さんは？」

「俺？　そうだな」

黒澤はミネラルウォーターのボトルを持ったままの自分の手を上向け、目を落とす。

かつてこの手になめらかな黒髪を捉え、口づけたことがある。ずっと触れてみたかった綺麗《きれい》な髪は、さらさらとしてひやりとした感触だった。ふわりとフローラル系の香りがした。

いい匂いだと言った自分に、相手はこういう甘い香りが好きなのかと静かに尋ねた。

あの髪が惜しげもなくばっさり切り落とされたのを見た時には、大事なものが手をすり抜けていったことにずいぶんな失意と無力感とを覚えた。そして同時に、たおやかな見た目とは裏腹の、相手の芯の強さと覚悟とを見た気がした。

それもずいぶん前の話なので、今、手の中から何かがすり抜けたように思ったのは、ただの感傷だろう。

「…どうなのかな？　確かめたくはある」

その曖昧な答えにも、篠口はただ頷いただけだった。

単に興味がなかっただけなのかもしれないし、はぐらかしたと思ったのかもしれない。反応が薄すぎて、表情を読み損ねた。

「とりあえず、俺はもう寝る。使うなら、こっちのベッドを使え」

まだ使っていないベッドを示すと、篠口はおとしなく頷いた。

「すみません、助かります」

普段の食事の様子や机やファイルなどの整頓具合から薄々察してはいたが、基本的にかなり潔癖なのだろう。

だが、そこで礼を言うのは育ちのよさなのか、それともこの男の持つ可愛げや、本人がそれと知らない隙なのか。

「別にいい。俺はどこでも寝られるからな」

多少、シーツが汚れていようと、上掛けが床に落ちかけていようと、眠るとなったら気にならないのだと、黒澤は肩をすくめた。

Ⅶ

篠口がやってきて四ヶ月が経《た》とうという日、黒澤は会議室から篠口を含めた一班のメンバーが出てくるのをモニター越しに捉えた。

「和田さん、少しいいですか？」

黒澤は係長である和田に声をかけ、立ち上がると、篠口が空室に切り替えたばかりの会議室の利用表示を使用中に戻した。

黒澤は会議室で、和田に椅子を勧めながら尋ねる。

「篠口君、最近、打ち合わせにも出てるんですね」

「ええ、そろそろうちの捜査内容もわかってきているので、勘も悪くない男ですし、この間、原口と一緒に監視作業につかせましたけど、首尾もいい。機転もききますしね。原口が言うには、あえて説明せずとも、監視対象の力関係、上下関係、立ち位置なんかをきっちり見抜くらしいですわ。捜査に入れれば、絶対に使えるなと期待してるんですが」

「まだ、捜査任務はどうかと思ってたんですが」

いや、と和田はどこか畠にも通じるドライな表情を見せる。

「実技についてはね、本当のところは講習さえすませれば、あとは現場での経験値っていうのもあるんですよ。要するに本人がどれだけ腹をくくるかっていうところで…、その辺はまだ甘いですが、あいつは若干イレギュラーですからね」

本来は本人が公安任務を希望し、専科講習を受けてから研修に入るが、たまに他から適性があると評価を受けて研修にまわされてくる者も、篠口以外にいるのだという。

「最近は中国語のできる奴を、うちでも積極的に抜いてますから。そのあたりは組対との取り合いになりますけどね」

外事の情報収集ともなると、中国語も標準語の普通話だけでなく、組対以上に上海《シャンハイ》語や広東《カントン》語、北《ペ》京《キン》語の西南《せいなん》方言などと、より細分化された精密な語学力がいる。内輪話ともなると、中国人であっても同胞にしか通じない方言で話すためだ。

組対の捜査など、通訳職員や民間通訳を呼べばことたりるじゃないかという、公安外事特有のエリート意識もあるだろう。

「篠口は利口なんで、おいおい上海語のほうをやらせたいですね。上海語はできる奴が少ないですが、上海閥《あそこ》の情報量は多い。今見ている限り、篠口だと上海語でも修得は早いと思います」

基本的に篠口は耳がいいのだと和田は言う。

イギリスで長く過ごし、学校でもギリシャ語、ラテン語を教わり、何種類かのヨーロッパ言語にも慣れているだけに、普通の日本人には聞き取れないネイティブならではの発音を聞き取る耳を持っている。

「なるほど…、だとなると、うちからまた一度、専科講習に出すことになりますが、それは大丈夫ですか？」

「そういう例は前にもありましたし、ああ、うちだと大賀《おおが》がそうですね」

和田は、容姿は普通だが、執拗《しつよう》にターゲットを追う猟犬のような雰囲気を持った捜査員の名を挙げる。

「半年ぐらいのことですから、大丈夫です」

じゃあ…、と黒澤は頷いた。

「そろそろサミットの終わるタイミングで、専科講習に出しますかね。手配しておきましょう。篠口君にはもう少し、図太さが必要かもしれないかなと考えてたんですが…」

和田はニヤリと笑ってみせた。

「最初は皆そうですよ。馴れと割り切り、あとは徹底した職業意識ですね」

確かに公安捜査員は独特の表情を持っている。人の欲や暗部、打算や駆け引きを覗き、それを情報として収集する者特有の表情だ。

それが薄い笑いであったり、目の昏《くら》さであったり、裏を探るような独特の目つきであったりと人それぞれだが、その底に通じる感覚は同じだ。

黒澤自身も、端《はた》から見るとその感覚に染まっているのかもしれないと、黒澤は時折篠口が自分に対して向けてくる、どこか恐れるような目を思い出す。

あれから篠口と寝たのは三回だったか。金曜の夜などは誘えば比較的簡単にホテルへとついてくるし、快楽には貪欲な男だ。

ただし、あれ以降は最後までやろうとすると怒るので、それはそれで楽しんでいる。あの男からギリギリの譲歩を引き出す関係自体が、今は面白い。

ただ、篠口がそこまで簡単に黒澤とのセックスになびくのは、今の部署で仕事内容にかなりのフラストレーションを溜めこんでいるせいではないかとは感じていた。

食事に行っても情事のあとでも、全体的に雰囲気が疲れて荒《すさ》んでいる。内側に抱え込んだストレスを、性行為で発散、あるいはごまかそうとしているように見えた。

それに加えて、同僚の青年警官への不毛な恋もあるのだろうか。

そんな不器用さが、時々、面白くも可愛くも、そして哀れにも感じられることがある。

日本では簡単に相手は見つからないのだと呟いた篠口の抱えている感傷や孤独は、多分、本人が自覚している以上に根深いものだろう。

性的指向《セクシュアリティ》は、それだけ人間の根幹や尊厳、存在意義にも関わる問題だ。社会的な理解がなければ孤立もするし、疎外感も覚える。

政治家や外交官、あるいは社会的立場のある人間が、同性愛者であることを他国に弱みとして握られて祖国や同僚を裏切ったり、逆に自殺に追い込まれたりするのも、外事にいればよく見聞きする事例だった。

「篠口さえ腹をくくれば、あいつはいい抱き込み要員になると思います。見た目もいいし、お上品で頭もいい。ああいう手合いを好む人間というのは一定数以上いますし、かといって、そうそう転がってるタマでもない。相当な上玉だ。それこそ、女でも男相手でも、気を持たせて話を引き出すことぐらい、簡単にやれるようになりますよ」

和田も、畠と同じことを言うのだなと黒澤は笑った。

頭もいい、機転も利く、男女共に魅了できる、そんな手駒を直接に動かすことができれば、黒澤にとっては非常に有利なこと、この上ない。

だが…、と黒澤は笑う陰で考えた。

そうやってスレた篠口は、やがてどうなるのだろう?

今以上に内側にあるやわらかな感受性を消耗し、いずれは抜け殻のようになってゆく…、あるいはその前に壊れてしまうかもしれない。

篠口自身は他人を客観的に読み解く技術に長けているが、逆に自分の手の内を晒したり、ルックスや身体を餌にしたりしながら、引き換えに相手から何かを提供させるタイプではない。

その手の攻防戦をするには、神経が細やかすぎる。

もっと図太くてしたたかな、それこそ黒澤との関係すらもひとつの手段だと割り切るようなふてぶてしい人間なら、黒澤も遠慮なく使うのだが…。

あの男が抱く、同僚への虚《むな》しく切ない恋を知ってしまったせいだろうか。

手に入らないものに焦がれる気持ちを馬鹿だと笑う気になれないのは、自分が篠口を単なる部下という存在以上に気に入っているからか…。

「わかりました、お時間ありがとうございます」

黒澤は立ち上がり、和田を外へと促した。

Ⅷ

夜八時をまわった頃、お疲れ様です、と篠口が戻ってくる。

そして、自分の机の上に積まれたファイルや書類を前に、小さく溜息をつくのを黒澤は目の端に捉えていた。

「堀口《ほりぐち》、車まわせ！　車！　逃がすな！」

そんな篠口に目を留めた様子もなく、携帯で話しながら二人の捜査員が慌ただしく席を立って出てゆく。

篠口が公安の専科講習に行くようになって、二週間ほどだろうか。

すでに拠点に在籍している篠口は、専科講習が終わっても、班の中で自分に割り振られた仕事や雑用をこなすために戻ってくる。

誰も、それを特に気に留めた様子もない。それが篠口の当たり前の役割なのだという、暗黙の了解がある。

だが、篠口の声や表情が徐々に曇りつつあるのは、見ていてわかった。

仕事の山積以上に、おそらく篠口自身が公安での仕事を望んでいない。

専科講習を受け、より一層、職務が自分の望むものから大きくかけ離れていると、感じはじめたようだった。

同僚、特に浅香に顔向けできるような仕事内容ではないと思っている節もある。

公安に求められているものは、健全に市民の安全を守る警察官ではなく、ありとあらゆる手段——場合によっては非合法な手段も用いて、色々な方面から情報を吸い上げることのできる公安捜査官だった。

その最終的な目的は社会秩序だったり、治安の維持だったりはするが、黒を探るうちにいつのまにか白も黒と混じり合い、灰色となってゆくように、公安《ここ》では何かが曖昧になってゆく。

様々な事件に嵐のように巻き込まれ、あるいは自ら進んでその中に入り、揉まれているうちに、そんな嵐の内側にいるのか、外側にいるのかすら、認識しないようになる。

それが和田や畠の言うところの『腹をくる』という概念なのだろうし、そうなった際の篠口は黒澤にとっても非常に有用な駒とはなるが、篠口自身はそもそも公安の捜査官となることを望んでいない。

他の公安のメンバーから見れば、極めて生ぬるく甘っちょろい感覚で、友人にまっとうに顔向けできる、世間的にも正当に評価される警察官でありたいと願っている。

黒澤は篠口がいくつかのコピーを取り、綴《と》じ込んだファイルを抱えてゆくのを見る。

篠口が雑用を引き受けているのはいつものことなので、誰も顔を上げることすらしない。

公安に置けば、それなりに優秀な捜査官にはなるのだろう。

だが、篠口自身が、もって五、六年ぐらいだろうか。よくて十年…。

内側はどんどん荒れるだろう。いずれは篠口も黒澤の知った相手のように、安定剤を服用するようになるのだろうか。

黒澤はメインのパソコンを操作し、最近になって通達のまわってきた、本場アメリカでのプロファイル講習の受講者海外派遣条件にざっと目を通し直す。

そして立ち上がると、キャビネットから新しくファイルを数冊取り出す男の方へと向かう。

「なぁ、助けてやろうか？」

すれ違い様、黒澤はひょいと篠口の腕からファイルを取り上げた。

ずいぶん疲れた顔の篠口が、ワンテンポ遅れて黒澤へと顔を向けてくる。

講習で公安の概念を日がな一日徹底的に聞かされ、精神的に疲弊でもしているのか、いつもは敏い篠口にしては反応が鈍かった。

「お前、目の下のクマ、凄《すご》いな」

篠口は何度か瞬きしたあと、溜息をひとつつく。

「ああ、クマ…。すみません、今日は少し目が疲れていて…」

篠口はその先、何を続けようとしたのか見失ったような、やや放心したような表情となる。

この男がこんな表情《かお》を見せたのは初めてだが、それだけ精神的にも疲れているのか。

「助けてやるよ、安心しろ」

黒澤が腕からファイルのほとんどを取り上げるのに、篠口は慌てた様子を見せる。

「いえ、大丈夫です」

大丈夫なわけ、あるかよ…、と黒澤はその顔色を見ながら笑った。

「お前が苦しいっていうなら、助けてやるよ」

え…、と篠口は黒澤の言葉をまだどこか呑み込みきれないような顔で、見上げてきた。

あとがき

こんにちは、かわいです。前巻から大変お待たせしてしまいましたが、『墨《すみ》と雪《ゆき》』の続巻を今回、上下揃えて発売していただきました。いや、前巻のあとがきで「次は一年後…」などと軽率にほざいたことを、もう非常に申し訳なく思っております。

二〇二〇年に続きを前後編で雑誌掲載していただいたので、今回、それに篠口《しのぐち》と黒澤《くろさわ》の出会った当初を、勝手にとても楽しく書き下ろしてみました。

私、HPはやっておりますがSNSをやってないので発信力が弱く、もし、周囲の方で全然続編出てないよねっていう方がいらっしゃいましたら、やっと出たよとお知らせいただけるとありがたいなと、他力本願なことをお願いします。

さて、今回の円陣《えんじん》先生の表紙、もっのすごく雰囲気があって素敵です。雑誌時の後編のカラー表紙が非常に好きだったのですが、それとトーンの似たこの表紙が本当に嬉しくて愛しくて。口絵カラーも対になるように考えていただいてますので、書き下ろしていただいた挿絵も合わせてお楽しみいただけると幸いです。

このまま、ぜひ下巻も手に取っていただけると嬉しいです。

かわい有美子《ゆみこ》

初　出

墨と雪2 上	２０２０年 リンクス11月号掲載
ストームグレイの行方	書き下ろし

この本を読んでの
ご意見・ご感想を
お寄せ下さい。

〒151-0051
東京都渋谷区千駄ヶ谷4-9-7
(株)幻冬舎コミックス　リンクス編集部
「かわい有美子《ゆみこ》先生」係／「円陣《えんじん》闇丸《やみまる》先生」係

リンクス ロマンス

墨と雪2（上）

2022年2月28日　第1刷発行

著者……………かわい有美子《ゆみこ》
発行人…………石原正康
発行元…………株式会社　幻冬舎コミックス
〒151-0051　東京都渋谷区千駄ヶ谷4-9-7
TEL 03-5411-6431（編集）
発売元…………株式会社　幻冬舎
〒151-0051　東京都渋谷区千駄ヶ谷4-9-7
TEL 03-5411-6222（営業）
振替00120-8-767643
印刷・製本所…株式会社　光邦
検印廃止

ISBN978-4-344-84929-7 C0293
Printed in Japan

幻冬舎コミックスホームページ　https://www.gentosha-comics.net